Jens Korbus

Letzte Nacht in Sierpc

Bibliografische Information der Deutschen Nationalbibliothek: Die Deutsche Nationalbibliothek verzeichnet diese Publikation in der Deutschen Nationalbibliografie; detaillierte bibliografische Daten sind im Internet über http://dnb.dnb.de abrufbar.

© 2018 Jens Korbus, 56072 Koblenz
5. überarbeitete Auflage

Coverfoto: Privat
Cover und Layout: Manuela Wirtz, www.manuwirtz.de

Herstellung und Verlag: BoD – Books on Demand, Norderstedt

ISBN: 9783741272684

Jens Korbus
Letzte Nacht in Sierpc

Roman

1. BEGINN

Im Sommer 1973, drei Jahre nach dem Höhepunkt der Studentenbewegung, gestand mir mein Patient Eddi Köhl, kaufmännischer Angestellter bei einer landwirtschaftlichen Firma, fünfundfünfzig Jahre alt, dass er Mitglied in der NSDAP gewesen war. Solche Geständnisse bekomme ich oft. Sie sind für mich nichts Neues. Aber Eddi zeichnete sich durch Feingefühl und Begabung aus, die man einem Mann wie ihm nicht zutraute. Ein Jahr später musste Brandt wegen der Guillaume-Affäre zurücktreten, und Helmut Schmidt wurde Bundeskanzler. Kurze Zeit später wurde Walter Scheel Bundespräsident. Diese beiden Ereignisse hatten Eddi Köhl mehr bestürzt als sein Eintritt in die NSDAP mit dreiundzwanzig Jahren. Den konnte man heute gut mit seiner Jugend rechtfertigen. Köhl hatte wegen „Druck auf der Brust" und „schlechten Träumen" eine Kur genehmigt bekommen, und der Kurarzt hatte ihm geraten, sich einen Psychotherapeuten zu suchen. Die Krankenkasse akzeptierte das und bezahlte. Eddi erzählte viel von früher. Aber was die Gegenwart anging, war er recht wortkarg. – Ich riet ihm, überhaupt erst einmal seine Familiengeschichte zu recherchieren und so zutage zu fördern, wer er eigentlich war. Ich selbst bin 1906 in Sankt Petersburg geboren. 1918 ging meine Familie nach Paris ins Exil. Mein Vater war adlig, ein russischer Offizier, der in seiner Heimat mit Fürst Kornoff angeredet werden musste. Dieses Adelsbewusstsein hat mich und meine Familie Zeit meines Lebens nicht verlassen. Nach einer Odyssee durch die europäischen Länder, mein Vater hielt die Familie als Wachmann über Wasser, studierte ich in Belgien Medizin, fand meine lettisch-baltische Frau mit meinem Stiefsohn und emigrierte in die USA. Eigentlich hatte ich mein Arztdiplom als Geburtshelfer gemacht. Aber in den Staaten merkte ich, dass mich die Psychiatrie, besonders aber die Psychoanalyse, mehr interessierte. Und so zog ich durch den ganzen Mittelwesten, von Psychiatrie zu Psychiatrie. Und mir war klar, dass ich dort auch als Patient hätte landen können. Ein Onkel hatte mich in Paris ganz früh mit Okkultismus, Esoterik und Buddhismus bekanntgemacht, und dabei blieb ich mein ganzes Leben. Ein russischer Amerikaner! – So etwas muss man sich mal vorstellen. In Russland war für den Adel kein Platz mehr. Aber in Amerika ebenso wenig. Die amerikanischen Kliniken waren auch ein Versteck. Ich bin nie Doktor der Medizin geworden, und mancher meiner Patienten zweifelte meine Habilitas an. Aber ich machte in den Staaten eine Prüfung nach der anderen, diese Prüfungen werden auch in Deutschland anerkannt. Nach Deutschland bin ich zurückgegangen, weil meine lettisch-baltische Frau sich in Amerika nicht mehr wohlfühlte. Erst arbeitete ich in der Suchtabteilung einer großen Klinik, dann in einer Fachklinik für Alkoholiker. Mich interessiert eigentlich alles, und ich stehe nicht an, das Schicksal Eddi Köhls kleinzureden. Über mich wird noch einiges zu sagen sein. Ich bin Relativist, weil ich mich viel mit Kosmogonie beschäftigt habe und mir die Probleme auf der Erde klein vorkommen. Unser viel gerühmtes Gehirn ist aus den Steinen hervorgegangen, wenn es nicht ein außerirdischer Virus war. Das Letztere nur als Scherz. Wir wissen nichts, und jeder andere Mensch ist uns überlegen. Ich habe über zwanzig Bücher geschrieben. Darunter Titel wie „Poems, Visions, Reflections" oder „Personal Journal of a Would-Be Philosopher". Alle beeinflusst vom Okkultismus und der Zen-Esoterik meines verstorbenen Onkels. Eddi war keine Herausforderung für mich. Ich hatte schwierigere und auch intelligentere Klienten. Aber er hatte etwas, das mich ihn nicht wegschicken ließ oder ihn einer Kurztherapie zuführen ließ. Ich beginne mit meinem Bericht.

Als Eddi Köhl am 6. März 1945 bei Graudenz in voller Montur durch die Weichsel schwamm, um russischen Truppen zu entkommen, war ihm nicht klar, worauf er sich eingelassen hatte. Er und ein paar Kameraden wollten aus der belagerten Festung Graudenz ausbrechen. Die Weichsel war ein breiter Strom, der beim Schwimmen immer breiter wurde. Die Montur saugte sich voll und zog Eddi nach unten. Er legte sich beim Schwimmen auf die Seite, um Kraft zu sparen. Es gelang ihm, im Wasser das schwere Koppel abzustreifen. Auch die Lederstiefel machten ihn schwer. Die Weichsel war knapp fünfzig Kilometer vom Werder, wo sie sich in der Ostsee breitmacht, entfernt. Nach Danzig höchstens hundert Kilometer. Aber Eddi Köhl hatte Kraft und Ausdauer. Er schaffte es bis zum anderen

Ufer, wo ihn russische Soldaten in Empfang nahmen. Als erstes zogen sie dem nassen Volkssturmsoldaten seine neuen Lederstiefel aus und ließen ihn in einem Gummischuh und einem Klotzkorken genannten Holzschuh weiterlaufen. Die Gefangenen mussten nach Osten marschieren, und in Deutsch-Eylau gossen russische Soldatinnen aus dem zweiten Stock Wasser auf die deutschen Soldaten. In Deutsch-Eylau mussten sie alles in Waggons nach Osten verladen, was nicht niet- und nagelfest war. Auch in die Wohnung seiner Halbschwester Paula kam er und half mit, deren Klavier zu verladen. Trockne Kleider hatte man ihm nicht gegeben, und er vollbrachte das alles in der auf dem Körper getrockneten Volkssturmuniform.

Von Sierpc, wo er zuletzt gearbeitet hatte, nach Graudenz waren es etwa hundert Kilometer. Sein Trupp hatte sich also nach Norden gegen die russischen Angriffslinien bewegt. Was konnten Kinder und Greise, Eddi Köhl war der einzige Wehrdienstfähige in dem Regiment, denn gegen die russische Armee ausrichten? Köhl war am Tag seiner Gefangenschaft siebenundzwanzig Jahre alt, dass er so spät eingezogen wurde, verdankte er seiner Tätigkeit im Reichsnährstand. Er war, trotz seiner relativen Jugend, zum Geschäftsführer eines polnischen Rollnik geworden, das die Nazis gleich an die Raiffeisenorganisation angegliedert hatten. Darüber wurde noch keine wissenschaftliche Arbeit geschrieben. Eddi kam nach der Gefangenschaft in ein Lager nach Polotzk in Weißrussland und musste dort für die russischen Offiziere Häuser bauen. Später kam er in ein Sägewerk. Essen gab es nur bei Erfüllung der Arbeitsnorm. Aber den deutschen Gefangenen ging es immer noch besser als den russischen in Deutschland, die systematisch ermordet wurden. Es gab bunte Abende, Boxkämpfe, zu denen man ein paar magere Gestalten herausgemästet hatte, und die Gefangenen wurden per Film über die Untaten des Nazireichs unterrichtet. Eddi brauchte Monate, um den Schock zu verdauen. Er war ein gläubiger Nazi gewesen. Und obwohl Sierpc Sammelpunkt für den Abtransport der Juden gewesen war, er also Vieles gesehen hatte, sagte er zu seiner Frau: „Ich glaube, die kommen ins Reich zur Arbeit."

Eddi hatte mit dreiundzwanzig, mitten im Krieg, die gleichaltrige Elvira Koslowski, wie er aus Neidenburg, geheiratet, die in Hannover auf Lehramt studiert hatte und im Jahr der Eheschließung, also 1941, mit dem Studium fertig wurde. Damals dauerte ein Lehramtsstudium nur zwei Jahre. Sie arbeitete nach dem Examen kurz in einer Schule im ostpreußischen Kaltenborn und ging dann mit Eddi zu Raiffeisen nach Sierpc, wo das erste Kind geboren wurde. Als Eddi in Gefangenschaft geriet, waren es schon zwei Kinder, ein Junge und ein Mädchen. Das Mädchen kam nach Eddis Gefangenschaft in Waldheim/Sachsen zur Welt, wohin die Mutter, mit einem Kind an der Hand und einem im Bauch, geflüchtet war. Die Flucht hatte ganze zehn Tage für rund tausend Kilometer gedauert und ging von Sierpc über Kulm (sie musste ganz in der Nähe ihres Mannes gewesen sein), Graudenz, Schneidemühl, Frankfurt/Oder, Cottbus, Chemnitz, und Waldheim. Sie machte auf der Zugfahrt zahlreiche Tieffliegerangriffe mit, musste mit ihren Kindern mehrmals aus dem Waggon in den Wald zur Deckung. In Chemnitz geriet sie in einen der schwersten Bombenangriffe des Zweiten Weltkriegs. Es gelang ihr, ihr Kind, den Jungen, mit nassen Tüchern aus dem Luftschutzkeller durch die brennenden, mit Phosphorleichen bedeckten Straßen zu einer Wohnung zu bringen. Geistesgegenwärtig hatte sie das ganze Raiffeisenkonto in Sierpc, sechstausend Reichsmark, leergeräumt und lebte in den Nachkriegsjahren davon. Von Hotel zu Hotel, man durfte dort nur drei Tage bleiben, weil es zu viele Flüchtlinge gab. Von diesem Geld lebten sie. Schließlich fand sie eine Vierzimmerwohnung in Waldheim in der Bahnhofstraße. Ihr Vater und ein paar ihrer Geschwister hatten es auch dorthin geschafft, und der zähe Willen und das wirtschaftliche Geschick ihres Vaters halfen ihr zu überleben. Ihr Vater, ein ostpreußischer Kleinkätner und Postbeamter, konnte mit Hühnern, Kaninchen und einem großen Garten für Lebensmittel und Gemüse sorgen. Im März 45 war das Mädchen im Krankenhaus von Waldheim zur Welt gekommen, Leontine.

2. BIS DASS DER TOD …

Während ihrer Studienzeit in Hannover hatte Eddi ihr lange Briefe geschrieben, unterschrieben mit „Dein Edwin". Wie konnte man einen Jungen nur Edwin nennen! Liebe, Eifersucht und Misstrauen wechselten sich darin ab. Er, der Disponent, der das Einjährige auf einer Privatschule in einem Jahr nachgeholt hatte, konnte sein Glück, das er mit der Studentin Elvira gehabt hatte, gar nicht fassen. Aber noch waren sie nicht verheiratet, und Hannover lag tausend Kilometer entfernt. Er hatte ihr schon vorher viel geschrieben, denn sie hatte vor dem Arbeitsdienst ein paar Monate als Hauslehrerin auf einem Rittergut im Norden Ostpreußens gearbeitet. Eddi wechselte die Arbeitsstellen bei Raiffeisen, zog von Masuren nach Mittelostpreußen, dann ganz in den Osten des Landes. Er las die Unterhaltungsliteratur seiner Zeit, arbeitete im Geschäft manchmal bis abends um neun, wechselte die Pensionen, weil sie zu teuer oder das Essen zu schlecht war. Er verdiente dreihundert Reichsmark brutto, Abzüge fünfzig bis sechzig Reichsmark. Ein Sündengeld, „das man dem Staat in den Rachen schmiss". Wenn ihm abends langweilig wurde, ging er nach gegenüber in die Kneipe Buzikowski, las dort die Zeitschriften und trank ein oder zwei Bier. Einmal fiel ihm ein Artikel über die Psychologie der Liebe in die Hand. Aber er konnte dabei nur an Elvira denken. Er hatte ja das Briefeschreiben, das seine Abende ausfüllte. Schöne lange Briefe in gestochen scharfer Handschrift, mit toller Rechtschreibung und überhaupt kaum Fehlern.

Er schrieb ihr in den Arbeitsdienst nach Tussainen, wo sie sich, nach den vielen Marmeladenbroten, nach den „heimatlichen Fleischtöpfen" sehnen würde. „Eure Kost scheint ja nicht gerade eine Mastkur zu sein. Damit du aber nicht ganz als Leiche erscheinst, gehen dir mit gleicher Post einige Täfelchen Schokolade zu. Von der Ecke einer Tafel habe ich ein Stückchen abgebissen und einen langen Kuss raufgedrückt. Dass es bei euch kalt ist, ist ja sehr bedauerlich", schreibt er im Januar 1937, „bei uns ist es infolge Zentralheizung immer zu warm. Sehr trockene Luft. Hier in unserem Mädchenpensionat ist Zuwachs eingetroffen. Zwei Studienassessoren sind neu hinzugekommen. Wir haben sehr viele gemeinsame Bekannte entdeckt, und sie sind begierig zu erfahren, wie sich Verschiedenes in Wirtschaft, Handel etc. abspielt. Sie sind nämlich in dieser Beziehung von der allergrößten Naivität. Ich habe ihnen bereits klargemacht, was doch ein Studienrat eigentlich für ein unwissender Mensch ist, dafür kann er sicher besser griechisch wie ich. Der andere ist katholisch und schon längere Jahre in Rößel, war früher Vorbeter bei den Katholischen. Komischer Kauz.

Diesen Samstag ist Pressefest in Königsberg. Mein Nachbar Dr. Bretzler wollte mit mir zusammen hin, aber was soll ich da ohne dich? Und wenn du diesen Tag frei hast, komme ich natürlich viel lieber dich besuchen. Nachmittags war ich zum ersten Mal Schlittschuhlaufen. Ich war fast der einzige Ausgewachsene, sonst lauter lütte Bälger. Euren blödsinnigen Frühsport könntet ihr jetzt in der Hundekälte auch aufgeben. Ihr werdet euch noch alle Rheumatismus holen.

Dass du eine Stelle als Hauslehrerin hast, ist ja toll. Ich gratuliere. Aber du hättest mir ja ruhig darüber schreiben können. Wie du dazu kamst, was man da so verdient usw. Denn das interessiert mich doch außerordentlich.

Hoffentlich ist dir der bunte Abend gut bekommen. Habt ihr tüchtig getanzt? Ich war heute vormittags mit dem Wagen in Rastenburg, hatte einige Kleinigkeiten zu besorgen. Sonst nichts Wesentliches zu berichten. Los ist hier nichts Besonderes, nur ein dreckiges Sauwetter, Schnee, Regen etc. Ein Glück, dass ich wasserdichte Stiefel habe. Gestern war ich im Kino. Das schöne Fräulein Schragg.

Von Gumbinnen bin ich angenehm enttäuscht. Fünfundzwanzigtausend Einwohner, aber außerordentlich rege und betriebsam. Es macht einen lebhafteren Eindruck als Insterburg. Soweit alles schön und gut, bloß das Gehalt könnte besser sein. Man versprach mir mehr zu geben nach einigen Monaten. Ich denke, ich werde vorläufig auch dableiben, von der Wanderei habe ich vorläufig genug. Ich fühle mich eigentlich hier ganz wohl. Die Stellung entspricht mir doch mehr. Während meiner Tätigkeit bei Wormuth kam ich mir eigentlich ganz komisch vor. Gumbinnen wird dir auch sehr gut gefallen. Du musst einmal hier herüber kommen."

In seinen letzten Tagen in Rößel hat sie ihn noch einmal besucht. Er schrieb ihr den Fahrplan in seinem Brief.

Du fährst um
> 14.55 ab Königsberg bis
> 16.22 an Korschen
> 16.33 ab Korschen
> 16.51 an Buschdorf
> 16.54 ab Buschdorf
> 17.13 an Rößel.

Für das Studium in Hannover musste sie eine ärztliche Untersuchung absolvieren. Er schreibt: „Dass du bei der Untersuchung so gut abgeschnitten hast, freut mich natürlich außerordentlich und ich gratuliere dir und mir auch gleich. Dass du wegmusst, will mir natürlich auch nicht recht in Kopp, vielleicht bleibst du auch lieber hier, was? Sehen müssen wir uns vorher noch auf jeden Fall. Eigentlich ist es ja ein Jammer um die viele Zeit, mit der man alleine so nichts rechtes anzufangen weiß. Sie vergeht so nutzlos und langweilend und das Leben ist doch so kurz. Ich war doch sonst den Sommer hier immer auf mich allein angewiesen. Na hoffentlich wird's mal besser.

Dass du noch am Sonntagabend Tanzen gehen musstest, darüber kann ich dir doch gar nicht böse sein, Liebste, und dass du an mich gedacht hast, habe ich auch direkt gemerkt, denn auch ich habe während der ganzen Fahrt (der Zug hatte etwas Verspätung und ich war erst um halb zwölf in Gumbinnen) an dich gedacht."

Einmal wollte er sich selbstständig machen und schreibt: „Liebste, die Angelegenheit Markus interessiert mich natürlich außerordentlich. Das Geld für die Finanzierung des laufenden Geschäfts würde sich über einen Königsberger schon beschaffen lassen. Aber es gehört natürlich anfangs immer etwas eigenes Kapital dazu, um die Sache in Schwung zu bringen, denn es werden doch große und auch kleinere Anlagen zu übernehmen sein. Ich denke an die Schrotmühle und die Büroutensilien etc. Na, jedenfalls lass deinen Vater sich mal eingehend erkundigen und schreibe mir schnellstens.

Am Dienstag hatten wir unsere Generalversammlung. Abendessen und Bowle etc. Die Bowle war sehr gut. Ich ging ja rechtzeitig nach Hause und war am nächsten Tag sehr gut in Form. Ansonsten lauter übernächtigte Gesichter. Es waren etwa fünfundzwanzig bis dreißig Abendgäste außer uns da. Der ganze Spaß hat sechshundert Reichsmark gekostet. Bisschen viel nicht? Wir beide hätten das Geld eigentlich besser gebrauchen können."

Wenn ihr seine Worte oder sein Ton nicht passten, entfesselte sie Tumulte. Er schrieb: „Ist also mein letzter Brief in einem etwas leichteren Ton gehalten, so ist das absolut kein Grund gleich eigentümliche Gefühle aufkommen zu lassen. Mein Päckchen mit der Bernsteinbrosche hast du hoffentlich am Heiligen Abend erhalten. Hoffentlich gefällt sie dir, mir gefiel die Brosche eigentlich sehr.

Meine Weihnachtsgeschenke in Neidenburg waren sonst auch nicht glänzend. Aber immerhin hat sich ein Teil der Familie mit Gustavs Gewehr sehr gut unterhalten. Dein Vater an der Spitze.

Man ist hier zu viel alleine und similiert, trotzdem man geschäftlich ziemlich überlastet ist. Zu tun ist wirklich viel. Für eine Kraft, die am ersten Vierten wegging, ist bis jetzt noch kein Ersatz. Heute Abend spricht Koch hier in Gumbinnen. War großer Betrieb auf der Straße, als er ankam. Wurde mit Fackeln etc. empfangen, außerdem alles illuminiert. Hoffentlich ist es bei dem Rundfunkkonzert nett gewesen, du kannst es mir ja Ostern erzählen. Das Wetter ist hier ziemlich miserabel, hoffentlich wird es Ostern wärmer, ich will auch auf keinen Fall im Wintermantel kommen." Er hatte vor, nach Hannover zu fahren.

„Mir geht's sonst leidlich, bisschen schlechter Appetit. Vorgestern habe ich mir eine neue Pension gemietet. Noch näher an der An- und Verkaufsgesellschaft, gerade gegenüber. Sehr schönes Zimmer, bedeutend besser als mein altes. Separater Eingang mit voller Pension, kostet allerdings achtzig Mark, aber billiger war hier nichts zu haben, vor allen Dingen so günstig beim Geschäft gelegen. Dieses Essen im Krug hing mir schon zum Hals heraus. Wenn ich bloß alle meine Schulden bezahlt hätte. Es belastet mich fürchterlich, trotzdem es eine ganze Menge weniger geworden ist. Früher habe ich das eigentlich nie so gemerkt. Aber die alten Sünden, das kommt jetzt alles nach. Na, auch das wird ja mal ein Ende nehmen. Hoffentlich kann man dann wieder richtig froh werden."

Dann wird er auf einmal sehr eifersüchtig. Es gab ja guten Grund, die junge intelligente Frau zu verlieren: „Hat dich denn der Spaziergang mit dem Rektor so stark interessiert, dass alles andere nebensächlich war? Liebes, sei bitte nicht böse, bitte bitte, aber schreibe mir doch, was dich dazu veranlasst hat, trotz deiner

Krankheit diesen weiten Spaziergang zu machen. Du weißt, es ist nicht Eifersucht! Kommt gar nicht in Frage, dazu haben wir zu großes Vertrauen. Und wenn du mir nicht geschrieben hättest, dann hätte ich ja gar nichts gewusst. Dass du es aber gemacht hast, zeigt, dass du meine Beste bist."

Dann stand der Krieg kurz bevor: „Kommt es am Sonnabend zur Mobilmachung, dann treffen wir uns diesen Sonntag in Allenstein. Ich werde dich dann am Sonnabend, also übermorgen, nachmittags anrufen. Man muss damit immerhin rechnen, wenn zurzeit die Lage auch noch ungeklärt ist. Vielleicht weiß man morgen schon Genaueres.

Dienstschluss ist jetzt immer um sechs bis halb sieben. Dann esse ich Abendbrot und gehe zu Buzikowski oder ins Hohe C. Nachrichten hören. Allgemeines Unterhaltungsthema ist natürlich nur die Politik. Na, abwarten, Tee trinken."

Und erleichtertes Aufatmen: „Dass sich die Angelegenheit mit der Tschechei so geklärt hat, darüber sind so ziemlich alle froh. Das Geschäft ist doch gleich lebhafter geworden.

Sonntags war ich überhaupt nicht in der Stadt. Mein Aussehen gefällt mir auch nicht. Ziemlich blass und so. Ich bin eben mit allem nicht zufrieden. Vielleicht steckt auch noch eine kleine Grippe dahinter." Und einige Tage später im gleichen Brief: „Meine Grippe scheint ja weg zu sein. Ich habe mir eben eine große Zigarre angesteckt, und die schmeckt schon wieder, also ein gutes Zeichen.

Dass nun wieder gleich die Rennerei mit Handballspielen losgeht, ist ja wohl weniger gut. Ich finde auch die ganze Segelfliegerei für Mädchen höchst überflüssig. Fall bloß nicht runter, sonst machst du dir noch was.

Wir waren abends mit Walter in Königsberg im Schauspielhaus. Es gab „Der Widerspenstigen Zähmung". Wurde sehr gut gespielt, und gefiel auch im Allgemeinen. Am zweiten Feiertagnachmittag war ich alleine in der K.D.F.-Halle. Es gab dort ein ganz beachtliches Variete-Programm. Kräfte aus dem Berliner Wintergarten und der Scala. Die K.D.F.-Halle ist hundert Meter lang und fünfundsechzig Meter breit und hat fünftausendvierhundert Sitzplätze. Ich wollte abends noch ins Opernhaus gehen, aber es wurde dann doch zu spät, und ich fuhr um neun Uhr vierzig nach Gumbinnen zurück."

Die Ostpreußen fühlten sich als die besseren Menschen und verkörperten auch das bessere Deutschland. Obwohl dort fünfundsiebzig Prozent die Nazis wählten. Aber das zeigt nur, dass sie ein bisschen „hinter dem Mond" waren, gutwillig und gutherzig. Und auf die Nazi-Tücke nicht vorbereitet. – Für einen Ostpreußen war es gar nicht denkbar, dass es auf der Welt etwas anderes gab, als die eigene Redlichkeit und Unbescholtenheit. Arbeitsdienstkommandos hatten in ganz Ostpreußen Sümpfe trocken gelegt, um den morastigen Boden fruchtbar zu machen. Schulen und Gymnasien gebaut. Aber die Nazis hatten das Alles zustande gebracht. Das gab Ostpreußen zum ersten Mal in seiner Geschichte etwas Selbstbewusstsein. Aber Ostpreußen war und blieb ein Agrarland. Die Menschen, und besonders die Männer, dem Aberglauben verhaftet. Eddis Mutter hatte sich noch von einer Beböterin mit Schießpulver einen verletzten Finger behandeln lassen, und den Finger dabei verloren. Sie hatte mit acht Jahren

Scharlach bekommen, und die weise Frau riet zu Ziegenmilch. Eddis Großvater kaufte eine Ziege, und vielleicht hat ihr Glaube daran Eddis Mutter gerettet.

Der letzte Brief, den Eddi an Elvira geschrieben hatte, war vom 13.4.1939, fünf Monate vor dem Weltkriegsausbruch, dem Überfall auf Polen, von dem Eddi auch profitieren sollte. Er hatte jetzt lange genug gewartet. Aber für eine Familie reichten die zweihundertfünfzig Reichsmark nicht aus. Aber die Nazis besetzten Polen, trennten den Norden des Landes ab, schlugen ihn zu Deutschland und nannten ihn Südostpreußen. Um ihn landwirtschaftlich auszubeuten, brauchte man Fachkräfte aus den Raiffeisenorganisationen. Da kam Eddi gerade recht. Und er brauchte, trotz seiner jungen Jahre, nicht in den Krieg. Er gehörte jetzt zum Reichsnährstand und der wurde bevorzugt. In Sierpc, das die Nazis in Sichelberg umbenannt hatten, wurde eine polnische Genossenschaft frei. Der Verwalter wurde nach einigen Monaten, in denen sich Eddi eingearbeitet hatte, verschleppt, zusammen mit seiner Frau, wie die Nazis es mit der gesamten polnischen Oberschicht machten. „Abgeholt", sagte Elvira später.

Eddi lebte zunächst allein in der Wohnung des Geschäftsführers zusammen mit dem Ehepaar und dessen Mutter, denn die Polen hatten teilen müssen. Er hatte jetzt siebenhundertsiebenundsiebzig Reichsmark im Monat, und damit konnte man wirklich heiraten. Elvira hatte eineinhalb Jahre in Kaltenborn den Lehrer vertreten, der im Krieg war, und sich durch ihre strenge Hand Meriten erworben. Der Führer mochte keine Doppelverdiener, damals ein Schimpfwort. Und so wurde Ende Januar 1941 in Neidenburg geheiratet.

Nachdem unter dem Antlitz des Strizzi, der trübe die Hinterwand zierte, alles standesamtlich besiegelt und reichsgesetzlich durch Levitationgruß bekräftigt war, fuhr man im Opel in die Neidenburger Kirche, denn es stand ja noch die amtlich gar nicht so erwünschte Verbindung durch den Pfarrer an. Man ordnete Elvira noch die Haare in pfiffig erkünstelter Einfalt. Die Nachbarjungen Janusz und Witold umsprangen staunend die weichliche, samtene Bordüre. Der Opel stotterte zunächst in der klirrenden Kälte. Es waren vierundzwanzig Grad unter null. Hochwürden Zeisig kam ihnen schon vor der Kirche entgegen. Die Orgel war nämlich gefroren, und so musste man in die Sakristei ausweichen. Eddi war blass. Die Pflicht hatte ihn ein wenig gezeichnet. Aber die Stimme des Gottesmannes munterte ihn auf. Ewiger Gott, der du zwei Getrennte zusammenführst, hilf deinem bräutlichen Knecht, sich deiner treuen Magd Elvira, bräutlich und fest zu verbinden. Amen, beschloss es die Versammlung.

Nachmittags gab es Kaffee. Der Kuchen, teils von Engler, teils selber gebacken. Eddis Halbbruder Paul stöhnte über seinen Magen: „Nur noch ein kleines Stückchen." Johnny Kusnetzki, der extra gemietet worden war, spielte auf dem verstimmten Klavier: „Hörst du mein heimliches Rufen." Im ausgeräumten Schlafzimmer wurde getanzt. Alle schwangen jetzt das Tanzbein. Zum Abendessen gab es Hühnersuppe, Schinken in Burgunder, Hühnersalat, dazu Rotwein. Als Hauptgericht einige Karpfen, die, noch im Eimer schwimmend, von Eddi aus Sierpc mitgebracht worden waren. Ebenso der französische Sekt.

Die Hochzeitsnacht verbrachten die Brautleute auf einem engen Klappbett in der Wohnung der Schwiegereltern. Am nächsten Morgen ging es mit der Kutsche nach Sierpc. In einer Schneewehe kippte die Kutsche um. Kein gutes Omen! Und dann war Elvira, neu angetraute Ehefrau, in der Wohnung des Lagerleiterehepaars Skonetzki, die eine Seite ihrer Wohnung für die Nazi-Besatzer hatten frei räumen müssen. Eddi wurde eingezogen. Sich zu widersetzen, bedeutete Front oder Strafbataillon. Hätte er nicht doch lieber die Front wählen sollen?

3. WEGDUCKEN

Die Polen waren abweisend, bis hin zur Feindseligkeit, gegenüber dem Paar, das, nach Krieg und Verwüstung, bei ihnen eingedrungen war. Auch der polnische Geschäftsführer Skonetzki war frisch verheiratet. Noch stolzer als er gebärdete sich seine Frau, eine junge Schönheit mit hohen Wangenknochen. Gesprochen wurde mit den Deutschen, bis auf Dienstliches, nichts. War euch das nicht peinlich? Würde man heute fragen. Und die Antwort, dreißig Jahre später, würde lauten: Peinlich, was sollte man machen? Edwin hätte in den Krieg gemusst, wenn er sich geweigert hätte. Auswandern? Wohin denn? Und wo wäre die Mutter dann geblieben? Einmal hatte Elvira gehört, wie die junge Frau „Stigonitz" sagte. Mit Skonetzkis Mutter, die auch in der Wohnung lebte, hat sie sich besser verstanden. Sie hatte ja vom Haushalt oder vom Kochen nicht die geringste Ahnung. Frau Skonetzkis Rezepte: mit viel Dill und saurer Sahne. Beim gemeinsamen Kochen erzählte die alte Frau viel von ihrem ältesten Sohn, einem Offizier, der von den Russen bei Katyn ermordet wurde. Sie wusste nicht, dass dem Jüngeren wohl das gleiche Schicksal bevorstand, wenn er seine Kenntnisse weitergegeben hatte. Und was geschah mit den polnischen Agrarprodukten? Würde man heute fragen. Raus, alles raus, hieß die Parole. Getreide erfassen, und ab ins Reich. Hitlers Imperium lebte von dem, was man in den Raub- und Rassekriegen kurzfristig erbeutet hatte.

Und was hast du, Elvira, zusammen mit der alten Frau gekocht? Flüsse und Seen zeichneten sich ja durch besonderen Fischreichtum aus. Es gab also Hecht in Krakauer Soße. Essig, Salz, Wasser und Lorbeer mit Gewürzkorn zum Kochen bringen. Gemüse in Butter zerlassen, und das Streifengemüse drin dünsten. Zwölf Minuten kochen, mit Mehl und Sahne verrühren. Ungerührt quillt es fünf Minuten. Jetzt Zucker und Saft der Zitrone, noch gehackte Petersilie und Dill. Gebutterte Salzkartoffeln dazu und dann wacker gegessen. Oder Polnische Plinsen, köstlich und gar nicht mal teuer, denn die Polen sind herzhafte Esser. Mehl in der Milch gut verrühren, Salz drin und Eier verquirlen. Vanillepulver und Schlagrahm langsam hineinlaufen lassen. In der gut erhitzen Pfanne beidseitig goldgelb braten. Plinsen und Schlagrahm im Wechsel legt man übereinander. Rübenzucker darüber, und dem harrenden Gatten zu Tische. Sauerampfersuppe. Den Sauerampfer verlesen, waschen, abtropfen lassen. Kurz dann kochen und wolfen. Dann Zwiebeln in Butter ausschwitzen. Mit Brühe auffüllen und mit dem Schneebesen verrühren. Den Ampfer dann ganz langsam kochen. Mit Eigelb und Sahne verrühren. Salz, Pfeffer, Zucker, Muskat, um abzuschmecken. Wo waren die Unterschiede zwischen deutschen und polnischen Mägen? Deutschen und polnischen Essern, der deutschen und polnischen

Kochkunst? Es waren die gleichen Rezepte, die gleichen kostenden Zungen, viel Dill und viel saure Sahne.

Sie waren zwei Wochen bei Skonetzkis im Rollnik, da klingelte es am späten Abend an der Haustür. Ein Mann mit schwarzer Tolle, seitlich fast kahl, in grüner Uniform, stand vor der Tür. „Guten Abend! – Mein Name ist Lubach, ich bin Feldpolizist. Ein paar Kameraden haben mir erzählt, dass hier und in der Genossenschaft fraternisiert wird."

„Kommen Sie doch herein", sagte Eddi.

Der Mann stieg ins Wohnzimmer und lümmelte sich auf Skonetzkis geblümtes Sofa.

„Auf der anderen Seite der Wohnung wohnt der Pole", sagte Eddi.

„Uns ist zu Ohren gekommen, dass es hier ziemlich familiär zugeht. Der Führer will das nicht. Nichtoffizielle Gespräche mit dem Feind sind zu unterbinden."

„Wollen Sie einen Cognac?", fragte Eddi.

„Nicht zu verachten", sagte der Feldpolizist Lubach, „ich bin nicht offiziell hier, sonst hätte man jemand anders geschickt. Aber ich denke, Sie haben verstanden."

„Auf so engem Raum", sagte Eddi.

„Wir haben Krieg, und der Krieg kommt aus der Not des Volkes", sagte Lubach, „wenn Sie das nicht verstehen …"

„Klar", sagte Eddi, „Not des deutschen Volkes. Habe ich gewusst. Bin ja nicht von gestern."

„Wenn wir noch so etwas hören, wird es offizieller", sagte der Feldpolizist.

„Ich bin auch nur ein Mensch", sagte Eddi.

„Wo ist jetzt der Pole?"

„Drüben auf der anderen Seite!"

„Lange wird's nicht mehr dauern", sagte Lubach, „am besten verschaffen Sie sich irgendwie ein Alibi. Sie sind doch Volksgenosse!"

Will er mich zwingen in die Partei zu gehen? fragte sich Eddi. Die sind schon einmal an mich herangetreten. Und ich habe einfach gesagt, ich sei noch nicht reif dafür. Aber wenn ich reingehe, bin ich für immer geschützt.

„Ich überlege noch", sagte er zu Lubach.

Der erhob sich und sagte: „Nichts für ungut! – Ich finde allein heraus." Er hatte zwei Schnäpse getrunken.

Seit dem Besuch haderte Eddi mit der Menschheit und überlegte, ob er nicht in die Partei eintreten sollte. Dann konnte ihm keiner etwas. Einen Monat später stellte er seinen Aufnahmeantrag. – Sein Fall wurde nach drei Monaten verhandelt, denn viele drängten nach dem gewonnenen Polenfeldzug in die Partei. Mitglied konnte „jeder unbescholtene Angehörige des deutschen Volkes" werden, der das achtzehnte Lebensjahr vollendet hatte und „deutschblütiger Abstammung" war. Eddi konnte das alles nachweisen, und die Formalitäten waren binnen fünf Minuten erledigt. In der Mitgliederversammlung im Parteihaus von Sierpc musste er vor der Hakenkreuzfahne den Eid ablegen. „Ich gelobe meinem Führer Adolf Hitler Treue. Ich verspreche ihm und den Führern, die er mir bestimmt, jederzeit Achtung und Gehorsam entgegenzubringen." Eddi verpflichtete sich, an Mitgliederversammlungen, Kundgebungen und Schulungsabenden teilzunehmen. Nach zwei Jahren durfte er das Braunhemd auch zum Zivilzeug tragen. Aber er wusste, dass er das nie tun würde. – Während des Rituals hatten die alten Mitkämpfer, die es nach Polen verschlagen hatte, mit gefurchten, gegerbten Gesichtern auf den Holzstühlen gesessen. Die Zahnlücken lachten deutlich am Mundrand. Der hier würde hoffentlich für die Bewegung im Viereck marschieren und auch sammeln. Hatte Eddi jemals getan, was er nicht wollte, was nicht er wollte? Wollen und wissen sind zwei Dinge, die sich in Eddis Kopf nicht immer vertrugen. Er hatte schließlich zu wählen, ob er das Aufnahmeritual in der Partei mitmachte oder ob er als Infanterist hinter den Panzern das Weiße im Auge des Feindes sehen wollte. Auf Eiserne Kreuze konnte er auch verzichten. Schmalz und Mettwurst und Gänse hießen die neuen Parolen. Polnisch genähte Schuhe, und er hatte jetzt eine Familie. Krieg! – Er wollte sich doch nicht benutzen lassen. Im Krieg wurde zwischen den Anführern und den Menschen, die sie anführten, kein Unterschied gemacht.

Man darf sich auf diese Persönlichkeit nicht einlassen, dachte Eddi nach ein paar Therapiestunden. Sonst ist man verloren. Aber was gibt es sonst noch an Möglichkeiten? –Aber die Albträume sind weg und auch der Druck auf der Brust. – Jetzt will Kornoff mehr aus mir machen, als in mir drinsteckt. – Ich weiß nicht, ob ich da mitgehe. Ich bin Kassenpatient, und mehr als dreißig Stunden zahlt die Kasse bestimmt nicht. Das ist ungefähr ein Jahr. Irgendwie bringt er mich weiter. – Ich habe mir ja sogar Bücher gekauft, die ich sonst nie lesen würde. Kosmogonie, Lehre der Himmelskörper und Zen und die Kunst des Bogenschießens. Kornoff ist ein gewaltiges, verrücktes Hirn, das auf sich aufmerksam machen will. Im Betrieb werde ich es nicht viel weiterbringen. Doktor Raimund mag mich. Aber wenn er demnächst pensioniert wird, wird man mich bestimmt nicht zu seinem Nachfolger vorschlagen. Also außerhalb von Raiffeisen? – Aber ich habe ja nichts anderes gelernt, als Getreide und Kartoffeln zu kaufen und zu verkaufen. Ich kann meine Innenwelt entwickeln. Aber was hilft mir das? Vielleicht kann ich mit Elvira darüber sprechen. Aber eigentlich ist sie zu nüchtern. Obwohl sie mich dauert fragt, was in den Stunden abläuft. – Die Kinder sind, bis auf den Jüngsten, Fachstudenten und stellen sich gut an. Vielleicht werden sie einmal Beamte und verstehen besser als ihr Vater, was Kornoff eigentlich sagen wollte!

Drei Wochen nach Eddis Parteieintritt (jetzt war er ganz sicher, dass er nicht in den Krieg musste) fuhr eines Abends ein schweres Auto vor den Lattenzaun, der das zweiflüglige, große Haus umspannte. Eine Mercedes-Benz Pullmann-Limousine, Typ Mannheim, Baujahr 1930, fünfundfünfzig PS. Die Angriffslust des Fahrzeugs zeigte sich schon in den tigerpfotig geschwungenen Kotflügeln. Das Reserverad saß vorne rechts außen. Solche Autos, mindestens zehn Jahre alt, fuhr nur die Gestapo, das wusste Eddi. Er wusste auch, wem der Besuch galt. Man hätte die Skonetzkis auch gleich von der SS abholen lassen können. Aber ein bisschen Schein wollte man um 1941 noch wahren. Die drei Skonetzkis sagten nichts. Sie durften einen Koffer und Kleidungsstücke, Seife und Zahnpasta mitnehmen. Dann wurden Vater, Mutter und Frau hinausgeführt und verschwanden auf den Rücksitzen der mächtigen Limousine. Eddi und seine Frau Elvira waren jetzt allein in dem riesigen Haus. Schuldgefühle hatten beide. Eddi mehr als seine Frau. Mit Skonetzki hatte man gut zusammenarbeiten können, und seine Mutter hatte wirklich gute Sachen auf den Tisch gebracht. Ein Mädchen wurde in dem jetzt leeren Haus geboren und starb nach acht Monaten. Die Situation war für alle unerträglich. Wie sollte das ein Säugling verkraften, dessen Eltern voller Schuld waren? – Zwei Monate später bekam Eddi einen Blinddarmdurchbruch. Er hatte bis dahin überhaupt keine Schmerzen gespürt. Nazis und Indianer kannten keinen. Im Sierpcer Krankenhaus war man mit einem solchen Fall überfordert, und er wurde ins Krankenhaus von Pultusk gebracht, fünfzig Kilometer östlich von Sierpc. Elvira hatte in dem neuen Land den Führerschein machen können, und so fuhr sie die hundert Kilometer mit ihrem Fiat-Topolino dorthin, betreute ihren Mann und brachte ihm Essen. Eddi blieb sechs Wochen dort, immer mit einem Schlauch im Bauch, damit nach der Operation der Eiter abfließen konnte. Nach zwei Monaten war er wieder dienstfähig, aber die Gewissensbisse und der Schmerz über den Verlust des Kindes waren nicht weg.

4. DER FEIND

Eddi war schon immer sportbewusst gewesen, hatte sich in Skonetzkis großem Garten eine Sprunggrube, einen Rundlauf und eine Arena zum Kugelstoßen angelegt. Er hätte auch gerne geboxt, aber ihm fehlte ein Punchingball und Boxhandschuhe. Also machte man, was alle machten. Man fuhr nach Warschau, ganz der hehre Besatzer, und versuchte in den dortigen Sportgeschäften, die es noch gab, Sportgeräte gegen Lebensmittel, besonders gegen Butter, zu tauschen. In Warschau herrschte der Mangel, und Eddi fand auch gleich ein kleines Sportgeschäft, wo man ihm das Gewünschte für ein paar Päckchen Butter, die er in Eisbeutel gewickelt hatte, gab. Elvira hatte sich Warschau schlimmer zerstört vorgestellt, und sie gingen, ganz Herrenmenschen, ins Hotel Simony & Stetzky essen. Elvira staunte. Das Hotel war ganz in Gold und Lila eingerichtet, von Spiegelsäulen gestützt und von Wandkandelabern erdämmert. Sie dachte, dass die Polen von so was mehr verstanden als die Franzosen. Sie war ja noch nie aus Ostpreußen herausgekommen. Bis auf ihr Studium. Die Polen tranken den Kaffee aus Gläsern, und sie, die ja polnisch verstand, hörte sie am Nachbartisch von besseren, schöneren Zeiten sprechen. Ein polnischer Kellner in engbrüstig-vornehmem Frack, reichte Fisch in Aspik und gebratene Krähen. Doch nichts dergleichen in Zloty zu bezahlen. Butter, Speckseiten und Honig waren die geltende Währung. Zum Essen reichte man Wodka in großen Karaffen. Trank ihn zuweilen wie Wasser. Wenn man etwas Neues brauchte, Geschirr oder eiserne Nägel, tauschte man es in Warschau gegen Butter. Den Ausflug verband man dann mit dem Besuch im Hotel Europeiski, wo früher die Nobelpreisträger logiert hatten. Die polnischen Frauen waren übermodisch gekleidet. Jetzt im Krieg. Woher die die Sachen nur hatten? Litzen und Taillen und wattig verbreiterte Schultern. So war die Mode in der Welt. In Deutschland und den besetzten Ländern lebten die Menschen von gestrecktem Brot, Kartoffeln und Marmeladenersatz. Deutsche hatten ein Recht auf zweitausendsechshundert Kalorien am Tag, die Polen auf sechshundert und die Juden auf hundertachtzig. Eddi und Elvira fuhren mit Eddis Opel Olympia 1,3 Liter die Uniza Marsczalkowska hinunter, die mitten durch das Ghetto führte. Das Ghetto lag im Zentrum seitlich des Weichselufers. Eine Ziegelmauer von sechzehn Kilometer Länge, ein drei Meter hoher Zaun. Sie hielten, blickten hinüber und sahen eine Menge magere Gestalten, völlig zerlumpt und am Zaun bettelnd. Eddi sah seine Frau an, als wollte er sagen: Blick gut hin! – Wir können die Nächsten sein. Aber das zu sagen, traute er sich nicht. Er traute nicht mal der eigenen Frau. Elvira erinnerte sich an ihren Onkel Emil, der mit der Wolldecke über dem Kopf Feindsender gehört hatte. Er war Kreisvormund gewesen und hatte sich darüber gewundert, dass die jüdischen Menschen, deren Tod man ihm melden musste, alle an Lungenentzündung gestorben waren. Eddi hätte sich dieses Abhören der Feindsender nicht getraut. Er zog den Kopf ein. Elvira fotografierte Eddi mit der für die kommenden Kinder angeschafften Zeiss-Ikon. Eddi stand im Kleppermantel vor den zerbombten geräumten Trümmern einer Warschauer Prachtstraße. Durch Zufall war noch ein polnischer Straßenarbeiter mit aufs Bild gekommen, der mit dem Pickel auf das Pflaster schlug. Auch ein deutscher Soldat mit Käppi ragte ins Bild hinein. Die deutsche Schuld kann nie abgetragen werden.

Wieder zu Hause, versuchten sie nachts ein Kind zu zeugen. Eddi hatte nicht viel Kraft, denn er musste noch drei andere Rollniks im Umkreis von hundert Kilometern betreuen. Wenn er um neun, halb zehn nach Hause kam, war er hundemüde und fast gar nicht mehr zeugungsfähig. Sie zeugten und zeugten. Schließlich war es für den Führer. In der Innenstadt von Warschau hatte sich Elvira ein polnisches Kochbuch gekauft. Hundert Kartoffelgerichte von Elzbieta Kiewnarska: kleingeschnitzelte Reste, vermischt mit Blättern und Wurzeln. Gut gedreht durch den Wolf, ergeben sie schmackhafte Koteletts. Das war eine andere Küche als die Rezepte der Frau Skonetzki. Kaffee stellt die umsichtige Hausfrau durch Röstung von Weizen und Eicheln her. Geschmacklich steht dieser Kaffee dem Bohnenkaffee nicht nach. Dem Einfallsreichtum der Hausfrau sind keine Grenzen gesetzt. Anstelle von Tee verkostet man Schalen von Früchten. Tonga und Mata die Namen dieser Genusssurogate. Elvira fragte sich manchmal, ob sie beim Gang durch die Straßen von Warschau nicht Angst empfunden hatte. Sie konnte diese Frage selbst beantworten. Angst? Nein! Höchstens nur Grauen. Man war ja im Alter von fünfundzwanzig recht unbekümmert.

Lange dauerte es nicht. Am sechzehnten Mai 1943 war das Warschauer Ghetto endgültig vernichtet. Und drei Monate später kam ein Junge, Sven, zur Welt. Dreihunderttausend Menschen waren aus dem Ghetto nach Treblinka transportiert worden. Siebzigtausend blieben zurück. Sie wurden beim Aufstand getötet, das Ghetto verbrannt und, wie es heißt, „dem Erdboden gleichgemacht". Feuerschein und Rauchpartikel konnte man bis weit über hundert Kilometer sehen. Die Vernichtung des Ghettos wurde ganz offen und unverblümt in den Zeitungen mitgeteilt. Am 25.4.1943 hatte der Henker des Ghetto fernschriftlich der Dienststelle Krakau gemeldet: „Wenn gestern noch das Ghetto von einem Feuerschein überzogen war, so ist es heute Abend ein riesiges Flammenmeer." Der Henker wurde im Banne der Illuminierung pathetisch. Er verwandte neronische Bilder, wo es angebracht war, nüchterne Kürze: „Immer konnte man sehen, dass Juden, Verbrecher, Banditen vorzogen, im Feuer zu sterben, statt uns in die Hände zu fallen." Den riesigen Rauchpilz konnte man auch in Sierpc drei Tage lang sehen. So machte man sich Gedanken, was drüben wohl geschehen war. Man hatte ja keine Zeitung und kein Radio. Goethe hatte geschrieben: „Soll doch nicht als ein Pilz der Mensch dem Boden entwachsen und verfaulen geschwind an dem Platze der ihn erzeugt hat." Auf den Bildern, die die Nazis veröffentlichten, sah man nur die Stahlader einer Laterne, das Schild einer Einbahnstraße in hiroshimierter Zerklüftung und die gereckten Arme der Stahlträger, von der Hitze verbogen.

Öfter hatte Elvira Eddi auch auf seiner Dienstfahrt zu einem Rollnik in Lomza begleitet. Eine ebenso gesichtslose, nichtssagende Stadt wie Sierpc und Nasielsk, wo Eddi auch nach dem Rechten schaute. Sie sah, frühmorgens um sechs, wie Menschen in Lastwagen verladen wurden mit nichts als einem Koffer und einem Rucksack. Also ihrer Meinung nach waren es Juden. Die Frauen trugen Kopftücher aus Chenille über den Schultern. In Polen Ersatz für die Mäntel, übrigens auch in Masuren. Sie fragte Eddi, was da los sei. Er sagte, ich glaube, es sind Juden. Man bringt sie nach Deutschland zur Arbeit. Dreizehnjährige Mädchen? Bringen? Nach Deutschland? Zur Arbeit? Aber wenn es einmal so weit gekommen war, was konnte der Einzelne noch machen? Man kann heute die Quellen analysieren. Aber die Wissenschaft stellt nur die eigene Befangenheit gegenüber den Quellen bloß. Das, was der Einzelne forschend entbröckelt, das steckt tief in ihm selber. Es erscheint dem Menschen immer leichter, den Schuldmomenten der Anderen nachzuspüren, statt seine eigene Verstrickung zu sehen. Aber die Köhls hatten nichts gelernt. Sie haben sich auch später nicht an den Menschenketten beteiligt.

Zwölfhundert Tage lang lebten Elvira und Eddi die schöne scheinheilige Idylle. Nicht daran denkend, dass alles auf Raub basierte. Und wer weiß, wem das Haus vorher gehört hatte. Nicht nur der Blinddarmdurchbruch hatte gezeigt, dass Eddi stark gelitten hatte. Er sah im Traum die Elben und Tunten des Goya mit Tiergesichtern, Häuten und Flossen an haarigen Beinen. Was sollte er tun? Im Ghetto die Drähte zerschneiden? Oder mit seinem Opel Olympia ein paar Juden retten? So wandte er sich weg von den drahtumgebenen

Gestalten, um die Sache im gärenden Teil seines Kopfes zu bereinigen. Sein Freund Erich Sadowski hatte ihm eine Lessing-Fabel erzählt, sozusagen als Antwort und Passepartout. Ein Wolf besucht einen Hirten, klagt ihm sein Alter und bittet, ihm einmal die Woche ein totes Tier aus der Herde zu spenden. Doch der Hirte ruft: Ein Wolf von deiner Gesinnung kann ein totes Schaf leicht für scheintot, ein Scheintotes für halblebendig, halblebendig für ganz lebend halten. So verwischen sich die Grenzen zwischen diesem, jenem und allem. Über diese Fabel hat Eddi lange gegrübelt. Wozwischen verwischen sich die Grenzen? Wie kann man anders als durch Worte das Gute vom Bösen trennen. Worte erzeugen die Taten im Herzen der handelnden Menschen.

Mitte November 1944 wird Eddi zum Volkssturm eingezogen. Als Vorwand dient eine Wehrübung. Trotz Fieber und einer schweren Grippe nimmt er daran teil. In ein paar Tagen wird er in den Nah- und Erdkampf eingeführt. Mit der K98, deren Kolben oder dem blitzenden Bajonett die Schädel der Feinde zu zertrümmern. Jeder Fußbreit sollte im Endkampf von Kindern und Greisen verteidigt werden. Auch von so spät Eingezogenen und Ungeschulten wie Eddi. Kinder, Erwachsene und Greise sollten in schnell geschaufelten Gräben das Leben des Braunauer Stritzis verlängern. Zum Teil mit Waffen wie aus dem Museum. Man lehrte sie die Panzerfaust zu wenden, stehend im nasskalten Graben gegen die Panzer des Feindes. Liegend traf Eddi am besten. Die gültigen Treffer würden für eine Beförderung nach oben gemeldet. Gemeldet? Nach oben? Eddi lachte im Geist. Konnte man das Donnern der Fronten doch schon mit bloßem Ohr vernehmen.

5. JETZT ABER WEG

Elvira ist im siebenten Monat schwanger und lebt in Sierpc mit dem sechzehnjährigen Hausmädchen Jadwiga und dem Kutscher Josef. Bis zuletzt funktionieren Rollnik, Buchungswesen und ein Minimum an sozialem Leben. Sie hätten eigentlich mit ihren Angestellten gar nicht reden dürfen, denn Fischer, der Kapo von Warschau, hatte eine Rede gehalten, in der Gespräche mit Polen, Angestellten, Hausgehilfen und Knechten ab sofort zu unterlassen seien. Die Hausgenossin Jadwiga machte am Morgen das Frühstück. Brot, gebacken im Hause, Kaffee und Rührei mit Schinken. Jetzt mitten im Krieg. Josef heizte noch den grünlichen, kachelgeschmückten Ofen. Da meldete der Anruf einer Freundin, die im örtlichen Postamt Funksprüche weiterleitete, den Durchbruch der Russen bei Elbing. Es war der vierzehnte Januar im Jahr 1945. Die russische Stoßrichtung zielte nach Nordwesten. Flüchten? Wohin? Womit? Elvira stopfte das Wichtigste in eine Tasche nebst Geld und Papieren. Zuerst fand sie den Schlüssel ihres Fiats Topolino nicht. Er steckte in den Reithosen ihres Mannes. Sie fragte Kaminski, den polnischen Chauffeur, ob er bei der Flucht mitkäme. Er hatte mehr Angst vor den Russen als vor den Deutschen, kam aber mit. Elvira hob die sechstausend Reichsmark Ersparnisse ab, griff nach einer gebratenen Putenkeule und verstaute alles in der Patchwork-Tasche. Einen hölzernen Koffer voll Nahrung hatte sie auch noch geladen. Das polnische Mädchen wollte nicht mitkommen. Wer weiß, was nach den Russen kommt, sagte es. Es führte das willige Fahrzeug zunächst der Pole Kaminski. Doch Trecks verstopften die Straßen. Und fliehende Pulks von Soldaten riefen: „Weit werden Sie nicht kommen!" Mit der Kamera ihres Mannes fotografierte sie ein Straßenschild: „Achtung! Ziviltrecks scharf rechts! Auf der Straße nicht rasten! Vieh rechts treiben, das sonst die kämpfende Truppe behindert!" Die russischen Tiefflieger schossen in die Kolonnen, um die Fluchtwege des Heeres zu behindern. Zufällig standen in Kulm auf dem Bahnhof zwei Arbeitsdienstzüge. Ein Arbeitsdienstführer kannte Elvira von früher. Irgendwie konnte sie sich ein Eckchen in dem Viehwagen auf der schütteren Streu ergattern. Scheppernd, bebend und rasselnd schob sich der Wagen gegen Westen. Sie kniete auf dem strohbedeckten Boden und sperrte ein Eckchen ab, um ihren kleinen Sohn zu schützen. Wenn ein Kind starb, zwang man die Mütter, die Körper ihrer erfrorenen Kinder aus dem Wagen zu werfen. Alle Dreiviertelstunde musste sie den Menschen zeigen, dass ihr Kind noch vollständig lebte. Das Kind ernährte sie mit der Putenkeule. Die Fahrt dauerte zwei Tage, und eineinhalb Tage blieb man in Frankfurt/Oder im Bahnhof. Das Kind bekam Krätze und eine schwere Erkältung. Eine Rotkreuz-Schwester schenkte ihr eine Aspirin-Tablette. Nach eineinhalbtägigem Warten half ihr ein Soldat durchs Fenster, weil sie ja schwanger war. Das Reiseziel des Zuges war Cottbus. Danach dauerte die nächste Fahrt bis Chemnitz fünf Tage. Wieder gab es überraschende Tieffliegerangriffe auf der Strecke. Und wieder konnte Elvira erleben, dass jeder nur an sich dachte. In Waldheim/Sachsen kamen die Geflüchteten vorerst zur Ruhe. Mit dem Geld, das Elvira vor der Flucht noch schnell abgehoben hatte, konnten sie es sich leisten, eine Zeitlang in Hotels zu leben. Doch dort durfte man nur drei Tage bleiben. Ein Mädchen, Leontine, wurde am 26.3.1945 geboren, und schließlich fand man eine Vierzimmerwohnung in der Bahnhofstraße. Drei Jahre lang lebte Elvira mit den zwei Kindern, ihren Eltern, und ein paar jüngeren Geschwistern in Waldheim. Nachts klingelten die Russen und filzten die Häuser. Nahmen den Menschen die Uhren und einiges vom Hausrat. Auch in der Bahnhofstraße wurden sie nachts aus dem Schlaf geklingelt. Fünf Russen in gelbgrauem Drillich, leicht betrunken, drängten in die Wohnung. Sie behaupteten, sie suchten nach Waffen. Schließlich gelangten sie ins Zimmer der schlafenden Kinder. Die Russen waren entzückt, nahmen die Kinder in die Arme, lachten und kasperten mit ihnen. Dann zogen sie Schokolade aus raschelnder, silbriger Hülle und begannen die Kinder damit zu füttern. Einer setzte sich aufs Sofa und begann schon zu schlafen. Sie verließen die Wohnung und dachten nicht mehr an die Waffen, die sie gesucht hatten. Niemals hätte Elvira gedacht, dass die kinderfreundlichen kirgisischen Russen sie so behandelt hätten. Sie machte sich über das Rote Kreuz auf die Suche nach Eddi. War er im Volkssturm verreckt? In ein MG-Nest gelaufen? In eisigen Gräben zertrampelt? Elvira hatte ein untrügliches Gefühl dafür, dass ihr Eddi noch lebte. Er war zu vorsichtig und allen Menschen zu sympathisch. Sie nahm Briefkontakt zu einigen Bekannten von früher auf. Es gab Gerüchte. Eine Granate hätte Eddi getroffen, als er, durchnässt vom Regen, unter einem Ulmenbaum Zuflucht gesucht hatte. Ein russischer Soldat hätte kurzen Prozess mit dem Gefangenen gemacht. Doch die Briefe an das Rote Kreuz hatten ergeben, dass Eddi noch lebte, dass er in Graudenz gefangen genommen wurde und zu Fuß nach Deutsch-Eylau und von dort nach Russland verbracht wurde.

Elvira hatte die Gewissheit, dass Eddi zurückkehren würde. Sie wartete, erzog ihre Kinder, fuhr sie im Kinderwagen spazieren, schnitzte ihnen Ruten und Stöckchen. Ja, sie spielte sogar mit dem Gedanken, in den Schuldienst der russischen Zone einzutreten. Doch sie wurde abgewiesen. Man nahm nur kommunistische Lehrer. Vielleicht zum Glück für die Familie. Sie hatte ja die sechstausend Reichsmark, und bis zur Währungsreform kam man gut damit aus. Ihr Vater erhielt eine Pauschalrente von neunzig Reichsmark im Monat, die einheitlich jeder Beamte in der russischen Zone erhielt. Ihr Vater ernährte die Familie mit Gemüse aus dem großen Garten und Kaninchen, die er hinter dem Haus selber zog. Die Kinder wurden immer größer und sprachen und sangen wie Erwachsene. Sie entwickelten schnell ihre eigene Sprache, klaubten sich die Wörter zusammen, und bald verhandelten sie mit den Erwachsenen ganz wie die Alten. Elvira war oft weg, und dann musste sich ihre Mutter um die Kinder kümmern. Sie ging schwarz über die Zonengrenze ins Rheinland, weil es dort mehr Fleisch und Gemüse gab. Im März 1946 erhielt sie die erste Karte von Eddi. Er schrieb, wie Elvira es nicht von ihm gewohnt war. Vorsichtig, steif und beamtisch. Wohl deshalb, damit der Zensor nicht merkte, was er zu sagen hatte. Vorsichtig hat er Adresse, Anschrift und Straße gepinselt, so säuberlich wie gemalt. Statt Deutschland malte er Deutchland. Elvira wusste nicht, was das zu bedeuten hatte. Aufregung sicher und Heimweh. Garnicht schrieb er zusammen. Ein Maligkeit in zwei Worten. Herzliche Grüße an alle. In alter Liebe, dein Bester! Elvira zeigte den Kindern die Karte. Doch diese fragten zurück: „Was ist das? Mutter, ein Vater? Zwar haben wir das Wort von Opa öfter erwähnen gehört. Aber dass wir einen Vater haben, das ist uns bis heute ganz neu. Wir dachten, es gibt nur Opa und Oma. Dazu deine Brüder und Schwestern. Wer ist der fremde Mann, der den Brief dort aus Russland geschrieben, und ist es der Vater von beiden? Wenn ja, warum ist er nicht bei uns?" Elvira ließ sich nicht verwirren und schrieb dem Gefangenen sofort zurück ins Lager.

6. KINDERTHEATER

„Waldheim/Sachsen, den 3.4.46 Mein Bester! Heute endlich Nachricht von dir. Wir sind glücklich! Es geht uns gut. Ich bin mit den Eltern und den Geschwistern zusammen. Die zwei Jüngsten sind im Rheinland, wir wollen evtl. auch übersiedeln. Oder sollen wir hier auf dich warten. Die Kinder gedeihen sehr gut und erwarten schon sehnsüchtig ihren Papi. Das Mädchen läuft dir immer ungeduldig entgegen. Sie wurde am 26.3.46 ein Jahr und ist ein strammer Butzer. Dein Sohn pflückt für Papis Bild jeden Tag frische Blümchen und macht alles immer „wie der Papi". – In Liebe, deine Elvira."

Der nächste Brief ist vom siebten August 1946 datiert. „Mein lieber Eddi! Deine zweite Karte hat uns so glücklich gemacht. Die Hoffnung, dass du zu den Glücklichen zählen könntest, die jetzt aus Russland entlassen werden, ist groß. Alles würde dann wieder gut, wenn nur du, mein Bester, wieder bei uns sein könntest. Ebenso groß ist aber auch die Sorge, dass du meine zwei Karten nicht erhalten hast, die eine gleich Erhalten deiner ersten Post, am dritten April 46. Nun weißt du Ärmster immer noch nicht, dass du dir hier um uns absolut keine Sorgen zu machen brauchst. Es geht uns gut. Ich bin mit den Geschwistern zusammen. Die Jüngsten sind im Rheinland. Dein Sohn und deine Tochter sind unsere Freude. Sie ist unser Sonnenschein, denn dein Sohn ist jetzt schon ein frecher, großer Junge, der den Papi bitter nötig hätte. Jeden Tag holt er für Papis Bild neue Blumen und abends betet er: „Lieber Gott, mach mich fromm, dass der Papi bald nach Hause kommt!" – Wir wohnen in einem Städtchen, dreißig Kilometer von Chemnitz entfernt, man könnte Waldheim fast einen Luftkurort nennen, vom Kriege völlig verschont. Nur arm sind wir natürlich geworden, aber doch so reich, dass wir dich, mein Liebes, behalten durften. Und wenn du wieder bei uns bist, wird alles wieder gut. Ich persönlich habe absolut keine anderen Wünsche! – In großer Liebe, deine Elvira mit deinen zwei Kindern."

Die Fragen der beiden Kinder nach ihrem Vater hatten Elvira erschreckt. Obwohl sie für den Abwesenden ein Altärchen errichtet hatte, das die Kinder täglich mit Blumen schmückten, hatte sie das Gefühl, zu wenig für die Familie getan zu haben. Jeden Abend betete man nun vor diesem Altar zu Gott, um die Heimkehr des Vaters, um Segen für seine Gesundheit, um Brot und ums Überleben. Hoffentlich gab es ein günstiges Klima in Polotzk in den Baracken, in denen die Gefangenen wohnten. Wenn er die Wassersucht in den Beinen bekäme, würde er entlassen. Sie brachte den Kindern Ehrfurcht, Liebe und Gehorsam gegenüber dem Abwesenden bei. Ein Vater und eine Mutter sind Instanzen, denen zu widersprechen Sünde ist. Es waren unersetzliche Götter. Die Kinder spielten viel im Garten, es gab ein altes Weib, Hexe Kaukau gerufen. Es wurde von den Kindern beschimpft und verfolgt. Im Gartenhaus waren Kaninchen in hölzernen Lattenverschlägen. In den Gräben hinter dem Haus, Schlucht und Höhle genannt, verstecken sie sich, suchten nach Molchen, Mördern, entsprungenen Soldaten und Feen. Die beiden kleinen Geschwister hielten sich an den Händen. Er mit einer Pumphose und sie mit einer Schleife im Haar. Sie bauten sich Häuschen aus Kohle, in denen sie sich lange vor den Erwachsenen verbargen. Sie kamen trotz vielem Rufen nicht aus dem Versteck, die kleinen kohligen Biester. Und Elvira schrieb immer wieder an Eddi nach Russland: „Du hast jetzt einen Sohn und eine Tochter, zwei Kinder. Ich hoffe, du weißt es!" Doch es stand nicht zu befürchten, dass Eddi sich nach dem Krieg, wie viele andere, eine neue Frau gesucht hätte. Er war in Polotzk inzwischen in ein Sägewerk versetzt worden und zog sich eine schlimme Verletzung an der Hand zu. Er wurde im Lazarett gesundgepflegt.

Elvira schrieb nach Russland. „Waldheim/Sachsen, den sechzehnten September 1946. Mein liebster Bester! Deine Karte – leider schon die zweite ohne Datum – hat uns wieder so glücklich gemacht. Sie hat mich mitten in großer Arbeit überrascht. Wir sind nicht mehr Untermieter, Liebes. Eine eigene Wohnung mit vielen Zimmern ist wieder unser Eigen, nur die Möbel darin gehören einer sehr netten Frau, die sie uns überlassen hat, da sie nicht hier wohnt und eine eigene Wohnung hat. Wir wohnen nun im Bahnhof genau gegenüber und jeder Zug, der einläuft, soll dich mitbringen. Dein Sohn passt immer genau auf und kommt dann enttäuscht ohne seinen Papi zurück; beide Kinder erkennen dich, glaube ich, nach unserem Erzählen, wieder.

Das Mädchen wird dem Bruder immer ähnlicher. Es spricht jetzt schon sehr schön. Wie ihr Bruder früher Datschi hieß, so heißt sie jetzt Keka. Sie ist unser aller Sonnenschein, mein kleines Dickerchen, das gar nicht nach einem Flüchtlingskind aussieht. Doch auch mit mir wirst du zufrieden sein. Jedes Gramm Fett, das du früher so oft bemängelt hast, ist geschmolzen. Hundert Pfund ist doch nicht zu viel, nicht wahr, Liebes? Kleider habe ich genug; ich kann mich in Waldheim schon wieder zu den eleganten Frauen rechnen. Auch für dich ist gesorgt, Liebes. Oder muss ich noch lange warten? Bleibe für uns nur schön gesund, dann wird alles wieder gut. Das Geld langt schon. Schnäpschen und Zigarren warten auf dich, mein Bester, ebenfalls alle Zuteilungen an Zigaretten. Komme nur bald!! In dieser Woche hat unser Gustav sich aus russischer Gefangenschaft gemeldet. Liebes, sollen wir hier auf dich warten, oder sollen wir ins Rheinland ziehen? Die Freizeit meines jüngsten Bruders gehört dem „Besorgen". Alle sind um unsere Kinder rührend besorgt. In alter Liebe bin ich immer deine Elvira, die nun auf dich wartet."

Ganz nah an ihrer Wohnung hatte sich ein kleines Kasperle-Theater installiert. Man führte Herzog Ernst oder Robert, der Teufel, auf. Die Kinder erzählten alles, was sie sahen, der Mutter. Am liebsten spielten sie Hochzeit. Ein Handtuch wurde als Schleier mittels gedrehter Kordel auf dem Kopf festgehalten. Ein Tuch diente als Schleppe. Den schwarzen Bräutigamsanzug hatte die Oma genäht. Leider fehlte dem Sohn der hohe Zylinder, den Robert im Kasperle-Theater getragen hatte. Ohne den war die Hochzeit keine richtige Vermählung. Sein Großvater trug ihn ganz früh zu den Platzkonzerten der Russen. Mit einem kleinen

Stöckchen schlug er auf dem Arm des Großvaters den Takt. Das war seine erste Begegnung mit Musik. Auch hier bekam er von den russischen Soldaten Schokolade. Er erzählte alles seiner Mutter, die sich wunderte, wie plastisch der Junge mit den Wörtern umging. Sofort kommt auch die Schwester hinzu, die alles genau wissen will, wie sich alles abgespielt hat, wo der Bruder gewesen ist, mit dem lachenden Großvater. Warum nicht sie mitgenommen wurde?

Am 25.2.1947 schreibt Elvira ihre vierte Karte. „Mein Liebster, Bester! Heute mit großer Freude deine liebe Karte vom 20.1.47 erhalten. Geknickt bin ich aber, dass du noch nicht weißt, dass wir bereits eine eigene Wohnung mit vier Zimmern und Küche haben. Meine beiden Antwortkarten vom September und meine Briefe haben dich also auch im neuen Jahre noch nicht erreicht. Nichts möchte ich von diesem Jahr, als dass du, mein Bester, wieder bei uns wärest. Ich bin so voller Hoffnung, dass wir beide wieder einen neuen Anfang finden, dass nichts mich erschüttern kann. Höchstens, wenn ich sehr lange auf eine Karte aus Russland warten muss. In einem Zimmer hat man immer alles bei der Hand, pflegtest du früher zu sagen. Und nun haben wir doch schon wieder vier! Uns geht es immer noch gut. Die große Kälte dieses Winters haben wir auch gut überstanden, die Kinder waren nicht einmal erkältet. Sie sind einfach prima. Eben kommt mit viel Hallo wie immer Sven aus dem Kasperl-Theater, wie ein großer Junge gibt er Bericht, so genau und anschaulich. Aber Leontine will auch genau Bescheid wissen. Immerzu hat sie schon nach ihm gefragt. – Liebes, Kuchen hat es bei uns Weihnachten gegeben, so viel man mochte. Nur geschmeckt hat er mir noch nicht so. Warum? Weil du keinen hattest. Aber wenn du erst da bist, bekommst du zunächst einmal die schönsten Sachen: Rehbraten, Bratklops, Schweinefuß, Pflaumen, Pfirsiche, alles in Büchsen, ein besonders aufgesparter Ressort für dich, Liebes. Dazu Cognac und Zigarren. Vater geht es gut. Er ist doch pensioniert und bezieht nach vierzig Jahren Dienstzeit neunzig Mark Pension, einheitlich für die ganze russische Zone. Im übrigen spart er schon wieder. Ich glaube für dich! Im Frühjahr möchte ich mit den Kindern nach Bendorf. Ursel und Annemarie wollen mich holen. Wieder zurück holt mich Erwin. Du hast bei Hilde doch auch noch allerlei Zeug: Anzüge, Wäsche usw. Dein Pelz hat sich auch eingefunden. Heimweh habe ich immer, wenn ich am hiesigen Kornhaus vorbeigehe, das unserer Wohnung gegenüber liegt. Wassilewskis und Gollniks hüllen sich in Schweigen. Herzlich Grüße von uns vieren. In Liebe, deine Elvira."

Das Leben in Waldheim war eine Nachkriegsidylle. Die Kinder entwickelten sich gut. Noch vor ihrer Einschulung brachte ihnen Elvira Lesen und Schreiben bei. Weil sie es wollten, sagte Elvira später. Auf einer Postkarte, die sich in Elviras Nachlass fand, sind, auf noch ungelenke Art, die Zeugnisse dieses frühen Lernens zu sehen. Elvira versuchte, die Kinder ein paar Worte an den Kriegsgefangenen schreiben zu lassen. Aber dazu reichte es noch nicht. Vor allem, weil die Buchstaben ganz klein sein mussten, um auf die Karte zu passen. Ihre fünfte Karte schrieb Elvira am 28.5.1947: „Endlich wieder eine Karte von dir; sie ist vom 29.4.47. Schade, dass du meine Briefe nicht bekommen hast. Gustav hat sie erhalten und schreibt immer noch mehr. In die letzten Briefe hatte ich dir Bilder von mir und deiner teils noch unbekannten Familie beigelegt. Ich hätte dir so gerne deine großen Kinder vorgeführt. Leontine entwickelt sich zu einem tollen Ding, einem ganz unberechenbaren Geschöpfchen. Als wir neulich die Zschopaubrücke passierten, riss sie sich ihr schönes Käppchen vom Kopf, und in großem Bogen flog die Mütze ins Wasser und gewiss – der Elbe zu. Befragt: „Machst du das noch einmal, Leontine?" „Nein, das nächste Mal schmeiße ich meinen Schuh rein!" Und das alles aus dem Stegreif. Sven ist über so viel Tollheit entsetzt und nur zu gern möchte er Leontine selbst strafen. Omi meint, Sven fehlt sein Papi. Schrecklich geweint hat er neulich, als Leontine einen Groschen verschluckt hat, der andern Tags prompt wieder kam. Immer nur diese Leontine, meint Sven dann! Am zweiten Juni will ich mit den Kindern für ca. acht Wochen nach Bendorf. Sie sollen dort viel Obst haben und auch eine bessere Verpflegung. Obwohl beide gut aussehen, macht sich der Fett- und Gemüsemangel doch bemerkbar. Amalie begleitet mich, und Erwin holt mich dann wieder ab. Oder du, mein Liebes? Oder muss ich doch bis Dezember 1948 warten? Dann sollen doch die meisten Kriegsgefangenen zu Hause sein! Unsere Pferde vom Treck sind vielleicht wieder zu Hause gelandet. In Berent/Westpreußen ist die Kutsche umgekehrt. Frau Kirchner ist nun glücklich bei Friedrich-Wilhelm gelandet. Es kann von neuem beginnen! Guski geht es gut! Dir auch, Liebes? Du schreibst das gar nicht! Viele liebe Grüße von Sven, Leontine und deiner Familie."

Und am 23.9.47, also nach vier Monaten, schreibt sie: „Mein Liebster, Bester! Die Woche vor meiner Rückreise nach Waldheim noch immer herzliche Grüße vom Rhein! Immer, wenn ein Glas Wein von deinem so geliebten Mosel getrunken wird, geschah dies auf dein Wohl und deine baldige Heimkehr. Eine Flasche Sekt zu deinem Empfang wird im Rucksack mitgeführt, Liebes! Auch deinen grauen Anzug vom Schneider Wuttke und Schuhe und sonstiges nehme ich für dich mit. Nur deinen Pelz habe ich noch nicht geholt. Das tun wir dann gemeinsam, gell, mein Bester! Neuigkeiten folgendes: Kirchner in Rinteln wieder in Getreidehandlung tätig; Albrecht aus Schröttersburg Disponent in Rothenburg. – Ich habe auch Blocks besucht und habe vierzehn herrliche Tage mit viel Milch und so verbracht. Vor allem Sven hat es gut getan. Er wächst so, und vor dem kommenden Winter fürchte ich mich doch etwas bei der diesjährigen Missernte. Du bist sofort bei Blocks eingeladen, um dich zu erholen, komm doch. Wir warten jeden Tag auf dich. Deine Elvira mit Sven und Leontine."

Jetzt waren schon über zwei Jahre vorbei, und Elvira wusste nicht, dass Eddi inzwischen vom Häuserbau in ein Sägewerk abkommandiert worden war. Er, der in Ostpreußen alle zwei Monate erkältet war, bekam in den drei Jahren Gefangenschaft keine einzige Erkältung. Elvira dachte später darüber nach, was der Wille doch alles ausrichten konnte. – Eddi schnitt sich mit der Kreissäge in die Hand und wurde im Lazarett gesundgepflegt. Einen russischen Kriegsgefangenen in Deutschland hätte man in der Situation erschossen.

Am 12. Oktober 1947 schreibt Elvira: „Mein Liebster, Bester! Von großer Fahrt zurückgekehrt, finden wir wieder eine Karte von unserem lieben Papi vor. Ob du unseren Brief aus Bendorf erhalten hast? – Liebes, wir haben also diese wirklich strapaziöse Reise nach Bendorf hinter uns. Erwin hat uns abgeholt. Die Kinder haben alles gut überstanden, nur die Mami liegt augenblicklich krank zu Bett. Ich habe mich ordentlich erkältet, aber Omi pflegt mich gut, und du brauchst dir keine Sorgen zu machen. Auch nicht darum, dass du älter wirst, mein Bester! Ich habe dich immer lieb. Leontine ist eine richtige Dicksche geworden. Sven bleibt immer der kleine „Herr Baron", wie er in Bendorf genannt wurde. Nur seinen Papi will er jetzt unbedingt haben, damit er einen Lastwagen bekommt. Von Herrn Bärwald, der vor sechs Wochen aus russischer Gefangenschaft gesund und wohl zurück ist, herzliche Grüße. Viele liebe Grüße von Vater, Mutter und den anderen. Immer deine Elvira."

Sie durfte ja nichts Politisches schreiben, ihre Briefe, die in kleiner lateinischer Schrift gehalten sein mussten, wurden zensiert. So konnte sie ihm von der Vereinigung der SPD und der KPD zur SED in der sowjetisch besetzten Zone nichts schreiben. Auch nichts über die Bildung neuer Länder, nämlich Schleswig-Holstein, Hannover (später Niedersachsen) und in der britischen Zone Nordrhein-Westfalen. Am 5. Juni 1947 verkündete der amerikanische Außenminister den Marshallplan zum Wiederaufbau von Europa. Alle diese Nachrichten hätten den Kriegsgefangenen beruhigt, von den Sowjets wurden sie ihm bestimmt vorenthalten. Die Kinder entwickelten sich rasch und schienen beide Ausnahmekinder zu sein. Sie waren hübsch, lernten schnell und konnten alles, was sie zweimal gehört hatten, auswendig hersagen. So bestimmt auch Elviras achten Brief, den ihnen ihre Mutter vor dem Abschicken vorlas: „Waldheim, 22. Oktober 1947. Mein Liebster, Bester! Mit großem Geschrei, also viel Freude, hat Sven gestern deine Karte aus dem Briefkasten gebracht. Direkt zur Mami in den Garten, wo ich gerade Rosenkohl zum Mittag geschnitten habe. Beide, Sven und Leontine, kennen die Karten aus Russland schon. Und gestern musste ich schon ganz früh ins Bett kommen und den Kindern wieder viel von ihrem Papi und von zu Hause erzählen. Die beiden Kerle reden wie die Alten. Letztens hat Leontine sich draußen – morgens waren es schon drei Grad Frost – in einem Eimer Regenwasser das Haar gewaschen. Sven war behilflich, und anstatt Seife haben sie Sägespäne verwendet. Du kannst dir vorstellen, wie Leontine ausgesehen hat. Das kleine Ding macht die tollsten Sachen. – Liebes, ich habe doch schon so oft geschrieben, dass Amalie in einer Seifenfabrik arbeitet. Für ein herrliches Bad mit viel Schaum ist also gesorgt, wenn du da bist! Vater ist den ganzen Tag beschäftigt. Er gräbt im Garten, hackt Holz, füttert unsere Kaninchen und ist mir „behilflich" Sven zu erziehen; du kennst ihn doch. Eben kommt dein Sohn herein und will die Karte an seinen Papi ganz allein schreiben! „Dich hat der Papi ja noch gar nicht gesehen", sagt er jedes Mal zu Leontine, wenn sie auch Recht auf einen Papi beansprucht. Auf jeden Fall ist der Junge mit seinen vier Jahren weit voraus. – Und dann in ungelenker Schrift: Mein guter Papi. Ich bin der Sven Köhl, das Baby bin ich nicht mehr! Komme bald nach Hause! Mein lieber Papi, ich hab dich auch lieb! Ein Küsschen von deiner Leontine und der Mami. Viele Grüße von allen."

Die Russen wussten, dass Eddi beim Volkssturm gewesen war und an den Greueln der Wehrnacht nicht teilgenommen hatte. Sonst hätten sie ihn nicht so gut behandelt und nach drei Jahren wieder freigelassen. Ein Jahr blieb ihm jetzt noch, ohne dass er es wusste.

Und Elvira sollte in der Zeit noch vier Karten an ihn schreiben. Die neunte vom 8.12.1947 lautete folgendermaßen: „Gestern habe ich deine liebe Karte erhalten. Vom Anfang der Woche hatte ich das sichere Gefühl, dass ich Post von dir haben würde. Wie kann es aber nur möglich sein, dass du, Liebes, meine drei letzten Karten nicht bekommen hast? Zwei Karten habe ich aus Bendorf geschrieben, eine am 21. Oktober. Das war die letzte. Ich hoffe aber ganz fest, dass alles mittlerweile bei dir eingegangen ist! Auch meinen Brief, in Bendorf geschrieben, hast du dann gewiss auch nicht bekommen. Uns geht es allen gut. Nur das Warten auf dich wird immer schwerer. Ob wir auch das dritte Weihnachtsfest ohne dich verleben müssen? Leontine behauptet immer: „Zum Weihnachten kommt unser Papi!" Ach, wenn sie doch Recht haben würde! Sven hat auch schon sehr auf diese Karte von dir gewartet. Er hatte doch auf der letzten persönlich an dich geschrieben, war aber ganz betrübt, dass sein Papi darauf nichts geantwortet hatte. Das nächste Mal, Papi, ja? Und vergiss auch deine Tochter nicht. Du hast gar nicht erwähnt, wie sie dir gefällt. Sie wird dir immer ähnlicher was schlafen, essen und Aussehen betrifft. In Bendorf waren wir vier Monate. Wenn du möchtest, kannst du dich auch dorthin entlassen lassen. Ich kann jederzeit nachkommen, so habe ich dort alles geregelt. Nur einen endgültigen Entschluss kann ich nicht fassen. Von Kirchner viele Grüße, sie sind alle nicht in dieser Zone, deine Kollegen. Wüstenhagen soll zu Hause sein, hat sich aber noch nicht bei mir gemeldet! Nun, mein Bester, wünschen wir dir ein gesundes Weihnachten. Deine Elvira!"

Und weil die Briefe so natürlich sind und ein einmaliges Lebenszeugnis darstellen, drucke ich den zehnten Brief hier auch ab: „Silvester 1947. Mein Liebster, Bester! Einen Tag nach meinem Geburtstag erhielt ich deine liebe Karte ohne Datum, in Moskau am 22.12.47 abgestempelt. Ich glaube aber, du Liebes hast sehr viel Post nicht erhalten, da du zum Beispiel über Amaliens Tätigkeit in der Seifenfabrik erstaunt bist. Ich habe das doch schon wiederholt geschrieben, dass Amalie als Packerin beschäftigt ist, weil sie einmal abgekürzt PGN war. – Weihnachten ist vorüber und wir waren das dritte Mal allein. Und Leontinchen hat ihren Papi ganz fest zum Weihnachten erwartet. Wir haben auch das Fest so schön wie möglich gemacht. Es gab genügend Kuchen, was immerhin einmalig im Jahr ist. Und du mein Bester? Die Kinder wurden reich beschenkt, da bei uns sich eben alles um diese beiden Kerle dreht. Heute hat Tante Ellen ihnen das Wohnzimmer festlich gemacht. Girlanden, Lampions usw. Sven ist begeistert! Nun meint er, soll die Mami auch noch ein langes Kleid anziehen. Er hat auch neue lange Hosen bekommen und sieht aus, wie ein kleiner Kavalier. Nur Leontine quält er manchmal sehr, und Mutter meint, wie sein Vater früher seinen Bruder Ottmar. Ich denke an unser letztes gemeinsames Silvester und wünsche von ganzem Herzen, dass du bald wieder bei uns bist. Wüstenhagen ist da. Für heute liebe Grüße, ich habe ja noch eine Karte. Deine Elvira."

Und ihr Gefühl täuschte sie nicht. Am 1.1.1948 schrieb sie: „Mein Liebster! Deine richtige Geburtstagskarte für mich erreichte mich am Silvester! Liebes, deine Karten waren die schönsten Geschenke. Heute, am ersten Tag im neuen Jahr bin ich natürlich noch viel mehr bei dir! Und ich habe jetzt bei jedem Klingeln an der Haustür das Gefühl, dass bist – du, mein Bester! Aber einmal muss es ja Wirklichkeit sein, und Sven sowie Leontine sind der festen Überzeugung, dich gleich zu erkennen. Nur deine Tochter, Liebes, fragt fast jeden Abend in ihrem Bettchen: „Und wenn der Papi mich nicht gleich kennt, was soll ich dann sagen?" Sven steht neben mir, und ich möchte dir schreiben, dass er immer artig ist! Übrigens sind seine große Leidenschaft immer noch alte Hüte. Der Weihnachtsmann hat ihm einen richtigen Zylinder gebracht, und er ist selig! – Kelbsch sind im Mai aus Dänemark zurück und jetzt in Frankfurt Main bei Margot, die dort unglücklich verheiratet ist. Onkel Emil rechnet mit einer Stelle in Wiesbaden, die jetzige behagt ihm nicht. Berg von Neidenburger Genossenschaft ist irgendwo in Süddeutschland, von den Herren weiß ich nicht. Frau Berg ist tot. Von Neidenburg sonst wissen wir ziemlich viel. Bialas, das ist noch wichtig, ist Revisor bei den Konsumgenossenschaften. Albrecht aus Schröttersburg Disponent bei Gottschalk. Viele herzliche Grüße und Küsse von Sven, Leontine und deiner Elvira."

Und am 5.2.1948, kurz vor Eddis Entlassung, schreibt Elvira ganz kurz: „Mein Liebster, Bester! Deine liebe Karte ist heute angekommen. Es ist dann aber auch immer so, dass ich sie in den Tagen ganz fest erwarte. Heute auch! Uns geht es immer noch gut. Unseren Hochzeitstag haben wir sogar festlich begangen, mit Kuchen usw. Alldieweil doch nun die sieben kritischen Jahre hinter uns liegen, Liebes! Aber nun muss es doch mit uns beiden ganz gutgehen, gell? Morgen ist Erwins Geburtstag. Einundzwanzig Jahre wird der Junge und nichts von sorgloser Jugend. Nur immer dabei etwas für seine Familie zu organisieren. Wir haben für morgen auch einen großen Kuchen gebacken. Gustav hat zum ersten Weihnachtsfeiertag geschrieben. Das Wetter ist sehr milde." Der Rest der Karte ist durch Wasser unleserlich geworden.

7. EIN NEUES ZUHAUSE

Im März 1948 wurde Eddi entlassen. In eine neue Welt. Aber er mied die russische Zone und ließ sich ins Rheinland entlassen, wo die Familie seiner Frau lebte. Seine Frau hielt es immer noch in Sachsen. Drei Monate nach der Entlassung ihres Mannes aus russischer Kriegsgefangenschaft ging sie auch ins Rheinland. Schwarz über die Zonengrenze, zusammen mit ihren zwei Kindern. In der engen Wohnung in Bendorf zogen zwei Schwestern Elviras in möblierte Zimmer, damit die neue Familie dort mitwohnen konnte. Eddi, der gern viel und fett gegessen hatte, musste sich zurückhalten. Andere Kriegsheimkehrer waren von dem guten Essen krank geworden. Eddi wog mit einem Meter achtzig nur noch siebenundfünfzig Kilo. Er war als Dystrophiker entlassen worden. Ein Wort, das er gerne im Munde führte. Jetzt gehörte er endlich wieder in eine Kategorie. Eddi sah noch immer das Rathaus von Sierpc vor sich, das damals Parteihaus gewesen war. Ein schönes zweistöckiges Haus, mit einem großen Uhrenturm in der Mitte des Gebäudes. Er erinnerte sich gut an die Stadt, in der er fast vier Jahre Herr gewesen war. Die Stadt gehörte zu Woiwodschaft Masowien und wurde 1939 dem Regierungsbezirk Zichenau untergeordnet. Der Landkreis Sichelberg, so hatten die Nazis Sierpc umbenannt, umfasste dreizehn Amtsbezirke und die entsprechende Anzahl von Städten und Gemeinden. Sichelberg war ein Sammelplatz für die Judendeportationen gewesen. Und Eddi hatte viel gesehen. Sichelberg war eine alte Stadt mit viel Tradition gewesen. Die erste Erwähnung der Siedlung Sierpc stammt aus dem Jahr 1322. 1322 bekam sie auch die Rechte zur Selbstverwaltung und wurde Stadt. Die katholische Kirche christianisierte die abergläubischen Masowier schnell. Während der nordischen Kriege mit den Schweden wurde die Stadt komplett verwüstet und verlor ihre Stadtrechte, die sie erst 1867 zurückbekam.

Aber für Eddi galt es jetzt nicht, sich an die Vergangenheit zu erinnern, sondern ein neues Leben aufzubauen und Verantwortung für seine Frau und seine zwei großen Kinder zu übernehmen.

Am 25.4.1948 stand also Eddi selbst vor der Tür des Bendorfer Andorfs. Abgerissen, in einer aus Militärjacke und Trainingshosen zusammengesetzten Verkleidung. Die Skimütze, die damals alle Gefangenen trugen, auf dem Kopf. Dystrophiker! Er hatte sich, auf den Trittbrettern der Züge stehend, bis ins Rheinland durchgeschlagen. Nur seine Frau und seine zwei ihm unbekannten Kinder fehlten. Die älteste Schwester seiner Frau bemutterte ihn, zusammen mit deren Arbeitgeber, zu dem sie dienstverpflichtet war und den sie später heiratete. Man gab ihm zu essen. Aber nicht zu viel auf einmal. Dieses Hungergefühl und die Sucht nach fetten Speisen sollten ihn sein ganzes späteres Leben nicht mehr verlassen. Ein befreundetes Ehepaar stellte seine Wohnung in Aussicht, falls seine Frau käme, denn Eddi war ausgehungert in jeder Hinsicht. In dieser Wohnung beschlossen Eddi und Elvira später, den Kindern von Eddis Nazi-Vergangenheit nichts zu erzählen und die Bilder, auf denen er das Parteiabzeichen trug, aus den Fotoalben zu entfernen. Drei Monate vergingen schnell, und Eddi klopfte schon bei Raiffeisen in Alt-Muhl an. Elvira kam auch, nach drei Monaten, schwarz über die Grenze. Im Juli 1948 rollten sie auf dem Bendorfer Bahnhof ein. Eddis Sohn Sven wusste nur vom Hörensagen, was ein Vater war, und von den Blumenaltärchen, die seine Mutter aufgestellt hatte. Sven erkannte seinen Vater nicht, es war ein echtes Trauerspiel. Nach den kinderfreundlichen Jahren mit den Großeltern nun dieser schwere, sprachunlustige Traumatisierte. Freude wurde geheuchelt und die Familie, die Keimzelle des Staates, begann. So lebte man, man weiß gar nicht wie und mit wie vielen Leuten, in der kleinen Wohnung in Andorf.

Das Bendorfer Andorf lag direkt neben dem Stadtpark. Davor eine Trümmerwüste, in der Eddis Sohn mit den Nachbarskindern Doktor spielte. Sven war jetzt fünf Jahre alt, seinem Alter weit voraus und ziemlich anstellig. Am meisten interessierte ihn die schmale, überhaupt noch nicht entwickelte weibliche Brust. Der Hintern weniger. Vom Geschlecht war überhaupt keine Rede. Wenn er sich mit den Nachbarskindern stritt, rief er gewöhnlich seine Mutter zu Hilfe. Aber die sagte nur, er müsse sich allein behelfen. In den Pfützen wurde aus Dreck und Matsch in kleinen Förmchen Kuchen gebacken. Alle hatten Angst vor dem Lustmörder, der im Bendorfer Stadtpark sein Unwesen treiben sollte. Mit Angst, Lust und Grauen erzählte man sich von dem, was er alles angerichtet haben sollte. Gefasst worden war er noch nicht. Und so lief man bis an den Rand des Parks und sah in der Ferne, mitten im Park, das Polizeigebäude aus roten Ziegeln. Hielt das diesen Mann nicht ab? – Die Tanten machten die Wohnung für Elvira und die Kinder frei und zogen jeweils in nahegelegene möblierte Zimmer. Onkel Eugen begann auf der Ingenieurschule Bauwesen zu studieren. Erwin war in der Ostzone geblieben und kam erst später, nachdem er sein Examen als Maschinenbauingenieur gemacht hatte, zurück: frisch verheiratet. Ein Kind war unterwegs. Diesen gutaussehenden, jungen Ingenieur, wollte sich seine junge hübsche Frau nicht entgehen lassen. Wie sollte Eddi zurückfinden in die Zivilisation und erst in die Kultur? Eddi kannte nur die Kultur des Dritten Reiches, und inzwischen hatte es einiges Neues gegeben. Der Kölner Dom, den die Alliierten stehengelassen hatten, stand mitten in dem zerbombten Schutt, als könne nur noch der Glauben helfen. Den hatte Eddi nie gehabt. Obwohl er geheiratet hatte. Wem, außer seiner Frau, konnte er von der Kriegsgefangenschaft im Lager Parabucha bei Polotzk erzählen? Von den sechshundert Gramm Brot pro Tag und dreimal Suppe. Volles Essen bekam man nur bei Normerfüllung. Er stiehlt ein paar Kartoffeln, ein Wächter merkt es, gibt ihm eine Ohrfeige und nimmt ihm die Kartoffeln weg. Aber er zeigt ihn nicht an. Fünfundzwanzig Jahre Arbeitslager standen auf solchen Vergehen. Die Gefangenen hielten sich an ihren Spaten fest, damit sie nicht umfielen, erzählte Eddi, und nachts liefen die Kerle herum. Im Lager waren zweitausend Menschen. Und es war kalt. Überall gab es Wanzen. Nach drei Jahren wog er bei ein Meter achtzig Größe nur noch siebenundfünfzig Kilo. Er galt nun als Dystrophiker, ein Wort, dass er Zeit seines Lebens nicht mehr aus dem Mund nehmen sollte. Seine starke mitfühlende Frau half ihm dabei, das Erlittene halbwegs zu überwinden.

Vier Monate nach seiner Entlassung begann für Eddi wieder das normale Leben. Er hatte jetzt eine Familie und zwei große Kinder, die originell und selbstständig waren und die Traumatisierung ihres Vaters nicht verstanden. Drei Jahre Kriegsgefangenschaft und die Mitschuld für alles, was davor gewesen war, gingen nicht so ohne weiteres vorüber. Eddi hätte Betreuung gebraucht. Aber er musste ins Arbeitsleben, denn seine Familie wusste nicht mehr, wovon sie leben sollte. Bardow, der Arbeitgeber und spätere Mann von Elviras ältester Schwester, hatte die vier Menschen lange genug über Wasser gehalten. So fragte Eddi bei Raiffeisen an, ob man dort Leute brauchen könne. Er verstand sich auf den ersten Blick mit dem allmächtigen Direktor, Doktor Raimund, und der stellte ihn als Chef der Getreide- und Kartoffelabteilung in der Raiffeisenzentrale in der Roonstraße ein. Wohnen konnte man in der ehemaligen Direktorenwohnung in Margendorf, einem Vorort von Alt-Muhl. Und so fuhr Eddi jetzt jeden Tag mit dem Zug, der Margendorfer Bahnhof lag direkt gegenüber seiner Wohnung, ins Zentrum von Alt-Muhl und richtete sich in dem hellen Gebäude mit den zwei großen, säenden Basaltfrauen davor ein. Es war ein Job, der Eddi wenig Spaß machte. In Ostpreußen und auf den polnischen Rollniks hatte er viel Gelände für sich gehabt und war viel im Freien gewesen. Hier saß er jeden Tag acht bis neun Stunden am Schreibtisch, telefonierte und füllte Tabellen aus. Es gab Krach und

Rivalität mit den anderen Abteilungen, und Eddi, der gewohnt war zu herrschen, nahm kein Blatt vor den Mund. Er rieb sich an allen und jedem, und in den anderen Abteilungen vermied man den Umgang mit ihm. Aber er vergrößerte den Umsatz der Kartoffel- und Getreideabteilung stark. Und das ließ ihn in seiner Position bleiben. Mittags aß er ein Butterbrot aus der Blechbüchse und trank dazu Kaffee aus der Thermoskanne. Er freute sich immer, wenn es hinaus zu den Bauern auf die Felder ging, wo er die Kartoffeln schon bei der ersten Blüte für Raiffeisen ankaufte, das Getreide noch vom Halm. Sein einziger Freund bei Raiffeisen, Klaus Born, war immer dabei. Und es gibt ein Foto, das beide in einem großen Kartoffelfeld der Marke Ackersegen zeigt. Eddi, der Arbeit hingegeben wie kein Zweiter.

Die Direktorenwohnung lag am Rand von Margendorf, mitten zwischen Kornfeldern und Wiesenflächen. Für die Kinder war es ein Paradies. Aber Eddis Sohn Sven, der mit neun aufs Gymnasium gegangen war, und jetzt wie sein Vater jeden Morgen mit dem Zug in die Stadt fuhr, sah die Stadtwohnungen seiner Mitschüler und schämte sich für die Wohnung zwischen den Feldern. Aber die Wohnung, in der Doktor Raimund den Krieg überlebt hatte, war groß und schön, und ließ die unterernährten Nachkriegskinder gesunden. Ein drittes Kind gesellte sich hinzu und wurde der Hätschelhans der Familie. Klein, blond, intelligent, und putzig, wollten alle mit ihm knuddeln. Ganz in der Nähe gab es einen Versuchsstall, und die Familie erhielt jeden Tag einen Liter frische Milch. Elvira wirtschaftete mit allen Mitteln, die die zwei großen Gärten hergaben, kochte, briet, wusch in der Waschmaschine, die man sich mit den anderen Hausbewohnern teilen musste, und dachte, sie würde ihr ganzes weiteres Leben nichts anderes mehr tun.

Aber an der pädagogischen Hochschule in Hannover hatte man ihre ganzen Studienunterlagen gefunden und nach Alt-Muhl geschickt. Bald meldete sich das Schulamt, man brauche Lehrer. Ob Elvira keine Lust habe, wieder in den Schuldienst einzutreten? Dazu brauchte sie damals die Genehmigung ihres Mannes. Aber Eddi war viel zu stolz auf seine Frau. Und in der Ehe hatte Elvira, trotz mancher cholerischen Anfälle ihres Mannes, immer das Sagen gehabt. Nach einer Woche Bedenkzeit entschied sie sich dafür und ging mit vierzig noch einmal in den Schuldienst, in eine Schule in Margendorf, ganz in der Nähe der Direktorenwohnung. Wir schrieben das Jahr 1960. Lübke war Bundespräsident, und Ulbricht wurde Vorsitzender des in der DDR neu geschaffenen Staatsrates. Am 13. August 1961 wurde die Berliner Mauer gebaut. Aber das kümmerte Eddis Familie nicht. Eddis Kinder waren selbstständig und fühlten sich in der Familie wohl. Eddi stellte eine Haushälterin ein, die Hulda hieß, die vormittags kam, die Betten machte, die große Wohnung putzte, kochte und wieder ging, wenn Elvira aus der Schule kam. Hulda kochte derber als Elvira, aber es schmeckte allen. Ab und zu brachte sie ihr kleines Kind mit, mit dem sich Leontine intensiv beschäftigte. Sven und Leontine bekamen ihre ersten Rock'n'Roll-Schuhe, und Eddi, der jetzt auch älter wurde, nahm den Abstand zwischen sich und seinen Kindern kaum mehr wahr.

Als Eddi über fünfzig war, hatte er nachts Druck auf der Brust bekommen und träumte viel von Skonetzki. Jede Nacht den gleichen Traum. Eddi lief mit einem roten Stirnband durch die umliegenden Felder von Margendorf und wurde von einer ehemaligen ostpreußischen Lehrerin in ihr Haus eingeladen. Dort saß Skonetzki. Auch mit einem roten Stirnband. Eddi nahm ihm das Stirnband ab und erzählte ihm von seinen Berufserfolgen. Dann sah er, dass rechts neben Skonetzki seine viel jüngere, attraktive Frau saß. Sie stellte Skonetzki vor: Das ist mein Mann!

8. ACH, DAMALS

Eddi wusste nicht, was der Traum zu bedeuten hatte. Der Druck auf der Brust ging auch nicht weg. Und so ging er zu seinem Hausarzt, Doktor Hardt. Der diagnostizierte Vegetative Dystonie und verschrieb Eddi Valium 10 Milligramm. Aber davon ging weder der Traum noch der Druck auf der Brust weg, und so bekam Eddi eine Kur. In Bad Reichenhall. Das Alpenpanorama tat ihm gut, und abnehmen musste er sowieso. 1970 kamen die ersten Gruppengespräche auf, und Eddi wurde einer Gruppe zugeteilt. Die Gruppenteilnehmer waren vom ersten Augenblick an unehrlich und hielten sich genauso bedeckt wie im wirklichen Leben. Ab und zu brach mal etwas durch. Aber wenn jemand eine wunde Stelle zeigte, hackten die anderen auf ihm herum, getarnt als selbstloses Verstehen. Bald sah der leitende Therapeut, dass Eddi mit der Gruppe nicht gedient war, und sagte ihm, wenn die vier Wochen Kur herum wären, würde er ihn an einen Psychotherapeuten überweisen. Psychotherapeut? – Schon allein das Wort regte Eddi auf. Und er sagte das dem Arzt. Der erwiderte, Eddi habe eine Kriegsneurose und mehr könne er nicht für ihn tun. – Nach der Kur ging es Eddi ein bisschen besser. Die Angst, dass er ein paar Waggons Kartoffeln oder Getreide zu viel für Raiffeisen gekauft hatte, war für Wochen beiseitegeschoben, und die Ruhe und das gesunde, fast vegetarische Essen in der Klinik hatten ihm gutgetan. Aber er klopfte doch bei mir, dem ihm empfohlenen Psychotherapeuten, der ein paar Kilometer hinauf den Hunsrück wohnte, an.

Ich begann jetzt Eddis Vergangenheit zu sondieren. Als er die Sache mit Sierpc und Skonetzki herausbrachte, sah ich sofort, wo sein Schuldgefühl herkam. Erkennen Sie doch erst einmal, wer Sie sind, sagte ich. Sie können stolzer auf sich sein, als Sie glauben. Forschen Sie doch einmal nach, woher Sie kommen. Und Eddi forschte. In den Familienpapieren und alten Protokollen, die seine Großtante bei der Flucht mitgenommen hatte. Er stammte aus einer alten Großbauernfamilie! So reich? – Das hatte er nicht gewusst! Man muss sich vorstellen, dass Eddi einen Vater hatte, der noch in der Zeit Wilhelms des Zweiten großgeworden war. Der Vater musste die Strukturen der Kaiserzeit, deren Theologie und Rhetorik mit der Muttermilch aufgesogen haben, obwohl er sich nach dem Krieg vom Kaiser und auch von Adolf Hitler heftig distanzierte: „Der Kaiser war ein Dummkopf und Hitler war ein Verbrecher." Der Vater war beim Ausbruch des Ersten Weltkrieges vierspännig auf der Flucht vor den Russen gegangen. Als der Krieg zu Ende ging, war er auch für die Weimarer Demokratie nicht bereit. Er war früh in die Hände von Freunden und Verwandten geraten, die nach „rechts" tendierten. Seiner Halbschwester Paula, an die er am stärksten gebunden war, gingen Geld und Autorität über alles. Die heiratete einen Grundschullehrer, der später viel beachtete Bücher über Rechtschreibung und Zeichensetzung verfasste. Er sagte zum Komma Beistrich. Durch die Rechtschreibereform wurden seine Bücher schnell Makulatur. Ja, Eddi war ein Faschist gewesen und war kein Faschist geblieben. Seit seiner Entlassung aus der Kriegsgefangenschaft wählte er SPD. – Die war ihm kleinkariert genug. Die christlichen Bonzen der Adenauer-Zeit mochte er nicht. Er erinnerte sich an seinen Bruder Ottmar, der Blockwart gewesen war, der aus dem Krieg nicht zurückgekommen war und der sich nicht getraut hatte, die Monatsbeiträge für die Partei selbst einzusammeln und ihn, seinen Bruder Eddi, vorgeschickt hatte. Eddi hatte dabei viel zu sehen bekommen und nie erzählt, wenn das Führerbild nicht an seinem Platz hing oder es am Samstag keine Erbsensuppe gegeben hatte. – Aber das lag jetzt alles hinter ihm. Es gab ein neues Deutschland, wenn es auch nur die Hälfte war, das unter Adenauer konservativ genug war, dass er es darin aushalten konnte. Aber er vergaß die Filme nicht, die er in russischer Kriegsgefangenschaft zu sehen bekommen hatte. War das alles wahr? Oder hatten die Amerikaner diese Relikte schnell hingestellt, um Deutschland zu demütigen? – So sagten es die Rechtsparteien, die in Deutschland wieder aufgegangen waren. Aber das konnte er sich auch wieder nicht vorstellen. – Eddi glaubte, Deutschland würde nie wieder mächtig werden. Jedenfalls nicht so schnell. Es würde Zeit vergehen müssen. Eddi hatte also mit Demokratie nicht viel im Sinn gehabt. Aber nach dreijähriger Kriegsgefangenschaft, wo er, nach Nazi-Maßstäben, geradezu menschlich behandelt worden war, nahm er sie doch wie ein Geschenk hin. Aber sein Vorbild war bis zu seinem Tod der ostelbische Krautjunker und Reichskanzler Otto von Bismarck. Nach seiner Pensionierung würde er sich dessen Gedanken und Erinnerungen kaufen und sie mehrmals durchlesen. Eddi forschte weiter in den Papieren seiner Großmutter nach seinen Ursprüngen. Sein Urgroßvater war Carl Jellinski, ein freier Grundbesitzer, gewesen. Er heiratete Wilhelmine Roschkowski, eine sehr reiche Frau, aus deren Vermögen die Mutter seines Vaters, etwas bekam. Dreihundert Morgen Land, neunzig Morgen hochstämmiger Birkenwald, fünfzig Morgen Wiesen, eine eigene Sattlerei, eine eigene Schmiede, sechs Instfamilien. Dieser Ehe entsprossen vier Mädchen, Pauline, Wilhelmine, Amalie und Emma, die Jüngste, die die Mutter seines Vaters wurde. Jede der vier Töchter der Wilhelmine Roschkowski erhielt nach dem frühen Tod des Vaters sechstausend Goldmark als Erbe. Das sprach sich in Masuren schnell herum. Zum Teil kaum sechzehnjährig, wurden die Töchter von ihrem Vormund, dem Lehrer Kynast, der als Vermittler kassierte, verheiratet. Die Älteste, Pauline, wurde mit einem Gutsverwalter aus Pommern verkuppelt. Die anderen jungen Frauen spielten, als sie ihrem Bräutigam vorgestellt wurden, mit den Instleuten an der Scheunentür Ball. Fast alle diese Männer unterschrieben Wechsel, die sie nicht einlösen konnten, und machten Bankrott. Das waren die Familienverhältnisse, aus denen Eddi kam. Dem Reichtum der Großbauernfamilie war der Niedergang gefolgt. Und manchmal sah Eddi sein Leben auch als einen Niedergang.

Elvira hatte während Eddis Kriegsgefangenschaft auch Zeit gehabt, sich auf ihren Vater zu besinnen. Der hatte als Kleinkätner in Salleschen gelebt, hatte die

Schneidergehilfin Auguste Wassilewski geheiratet und war dann zur Post gekommen. Die Lebensvorstellung eines Kleinkätners in Masuren strebt zum Beamten. Elviras Vater stieg immer weiter auf. Schließlich vom Briefträger über den Postschaffner zum Postbetriebswirt. Er zog nach Neidenburg und zeugte ein Kind nach dem anderen. Elvira, 1918 geboren, war die Zweitälteste. Mit ihren vielen Schwestern verstand sie sich zeitlebens. Auch wenn die nach dem Krieg mit den Männern am Tisch saßen und Skat spielten. Bis der Grand ohne Viere durchgeblufft war.

Eddi war stolz. Das hatte er nicht gewusst, obwohl die Unterlagen alle zu Hause in einem dicken Leitz-Ordner lagen. Der Kurzschluss mit seiner Familie gab Eddi wieder neues Selbstbewusstsein. Er war nicht der kleine Abteilungsleiter in einer landwirtschaftlichen Firma. Er stammte von der reichsten Schicht ab, die Ostpreußen hervorgebracht hatte. Über ihm waren nur noch die Adligen mit ihren Gütern. Und Eddi blieb weiter bei mir. Nach dem einen Jahr, das die Kasse bezahlt hatte, handelte er ein kleines Honorar aus und nahm alle drei, vier Wochen eine Stunde, die bei mir fünfzig Minuten dauerte. Alles schien sich zum Guten zu wenden.

9. DER FILM LÄUFT RÜCKWÄRTS

Im Jahr 1974 erstattet ein Typ namens Biallas, der damals auch eine kleine Genossenschaft in Nordpolen geleitet hatte und die Stelle in Sierpc selbst gern bekommen hätte, Anzeige gegen Eddi wegen Verbrechen gegen die polnische Bevölkerung. Eddi habe bei der Gestapo interveniert, damit diese die Familie abhole. Mord verjährte nicht. Aber Mord wäre es, selbst wenn es gestimmt hätte, nicht gewesen. Gab es dafür überhaupt einen Straftatbestand? Eddi ging zu einem Rechtsanwalt. Was war es eigentlich, das man ihm vorwarf. Sierpc war längst wieder polnisch geworden. Und für die Zeit nach dem Polenfeldzug interessierte sich heute niemand mehr. Aber die RAF trieb in Deutschland ihr Unwesen, und Eddi bekam plötzlich wieder Angst. Wenn seine Kinder, die sich alle beide der Studentenbewegung angeschlossen hatten, das heraus bekämen ...

Es kam zu einem Prozess, bei dem auch herauskam, dass Eddi in der Partei gewesen war. Aber Eddi wurde freigesprochen. Sogar nachträglich geehrt. Einige der jungen Rollnik-Arbeiter und das polnische Kindermädchen Jadwiga hatten ausgesagt, wie gut Eddi zu seinen Untergebenen gewesen war. Er hatte Extranahrungsmittel, Mehl und Rübenzucker verteilen lassen, für die, die hungerten. Ein großer Artikel stand darüber in der

Alt-Muhl Zeitung. Eddis Kinder bekamen natürlich alles mit und hörten am Wochenende, wie Eddi seine Sorgen seiner Frau, ihrer Mutter, erzählte. Sie zogen aus. Das heißt, sie kamen am Wochenende, an dem Elvira immer gekocht hatte, nicht mehr nach Hause. Eddi setzte sich und seine Frau in den grünen VW und fuhr mit einer Kasserolle Eintopf nach Bonn, um sie zu versöhnen. Aber die Geschwister interessierte das nicht.

„Warst du's oder warst du's nicht", fragte Sven als erstes, als er anrief.

Eddi erklärte lange, dass es genug Zeugnisse gab, die bewiesen, dass er es nicht war.

„Ich will es von dir hören", sagte sein Sohn im Ton eines Anklägers.

Eddi konnte sich nicht erklären, wie sein Sohn es so schnell herausbekommen hatte. Nach meinem Dafürhalten hatte es Leontine als Erste kolportiert.

„Wie geht's in der Schule?" fragte Eddi.

„Gut! Aber das interessiert dich sowieso nicht. Mir geht es schlecht mit einem solchen Vater! Wenn du wirklich mein Vater bist!" – DNA-Tests gab es damals noch nicht.

„Also wirklich", sagte Eddi.

„Was war damals los in der Nacht in Sierpc?"

„Ich konnte nichts machen", sagte Eddi, „die hätten mich selbst abgeholt! Und ich war dreiundzwanzig!"

„Man geht doch nicht mit dreiundzwanzig in die Partei. Du hättest doch sagen können, du bist noch nicht reif dafür. Das wäre noch die billigste Ausrede gewesen. Nicht mal zwei Prozent waren in der Partei. Da muss doch mehr dahinter gesteckt haben."

„Ich hatte das Einjährige", sagte sein Vater, „ich hatte nicht deine Ausbildung. Und über den Tellerrand gucken konnte man damals nicht. War alles verboten."

„Du hättest dich dazwischen werfen können", sagte sein Sohn.

„Dann hätten sie mich auch mitgenommen."

Das war das Telefongespräch zwischen Eddi und seinem Sohn gewesen.

Eine Woche später rief Eddi seinen Sohn an.

„Hier ist Eddi", sagte er. Die Kinder riefen ihre Eltern alle beim Vornamen.

„Wie geht's?", fragte Sven. Eddi merkte sofort, dass Sven nicht alleine war. Sein Sohn, dieser unwahrscheinlich tüchtige Lehrer, tat sich schwer mit ihm, seinem Vater. Das war für ihn fast ebenso schwer zu ertragen wie die Gefangenschaft.

„Wie soll's gehen", sagte Eddi, „wenn die eigenen Kinder einen ablehnen."

„Es reicht", sagte Sven.

Eddi überlegte, ob er seinem Sohn sagen sollte, was Kornoff über die Systeme geäußert hatte. Aber der würde sofort merken, dass das nicht auf seinem eigenen Mist gewachsen war und würde misstrauisch werden. Wo hat sich mein Vater informiert, würde er denken. Die jungen Leute, die sich jetzt der extremen Linken zugewandt hatten, taten ja auch nichts anderes als er damals.

Eddi sagte: „Bei einem Mann meines Alters …"

Aber Sven fiel ihm sofort ins Wort: „Das ist ja eine ganz idiotische Geschichte! Warum hast du uns nicht früher informiert?"

„Ich musste allein damit fertig werden", sagte Eddi.

Die Kinder sagten Eddi ins Gesicht, er sei ein Kriegsverbrecher und nicht mehr ihr Vater.

„Du alter Nazi", riefen sie. Und Eddi hielt dagegen: „Mit dem Elternhaus ist jetzt Schluss!" Da kommen sie mir mit solchen Sprüchen, dachte er. Nach allem, was Elvira und ich für sie getan habe. Das Vorlesen an den langen Winterabenden und Elviras Gänge zu den Lehrern an den Elternsprechtagen. Wir haben großen Wert auf Vernunft und selbstständiges Denken gelegt. Wie kann mein Sohn so wenig Verständnis aufbringen?

Er dachte, als er wieder nach Hause fuhr, das gäbe sich wieder und wendete sich stärker seinem Jüngsten zu, der gerade Abitur machte. Aber seine Kinder, die Geschwister, suchten den Kontakt zur Szene. Sie gingen zwar nicht in den Untergrund, aber sie ließen Unbekannte bei sich übernachten und halfen mit Geld. Eddi, der selbst viel Zeitung las, hatte nicht geglaubt, dass es einmal so weit kommen würde. Seine Kinder gehörten jetzt zur Unterstützerszene, und wenn man das herausbekam, würden sie nie in den Schuldienst kommen. Er beschloss, sich noch einmal mit seiner Frau zu bereden. Was habe ich falsch gemacht? fragte er sich immer wieder. Die Kinder haben das, was ich ertragen habe, nicht auszuhalten brauchen. Die hatten in der Direktorenwohnung am Rand von Margendorf eine freie und relativ unbeschwerte Jugend. Vielleicht zu unbeschwert. Sie konnten studieren, was sie wollten. Sie bekamen das Studium bezahlt und brauchten sich nicht dem Druck des Honnefer Modells zu beugen, dem Vorläufer des BaFöG. Vielleicht lag es auch daran, dass sie die ersten Lebensjahre nicht unter seiner Fuchtel verbracht hatten, wie der Jüngste.

Eddi war jetzt älter. Seine Kinder, die, besonders der Sohn, im Studium viel gebummelt hatten, machten ihr Erstes Staatsexamen. Leontine in Germanistik und Geschichte, Sven in Germanistik und Philosophie. Philosophie prädestinierte ja zum Marxismus und dem, was die da drüben daraus gemacht hatten. Beide Kinder fanden eine Referendarstelle, trotz ihrer Vergangenheit oder man hatte sie übersehen. Sven in Alt-Muhl, Leontine in Düsseldorf. Sie halfen sich gegenseitig übers Telefon oder tauschten Lehrprobenentwürfe aus. Beide waren von dem Beruf begeistert. Die Schüler sollen erkennen, indem sie … Das gefiel ihnen. Denn an der Uni war es ziemlich moluskenartig und schwammig zugegangen. Beide wussten, dass ihr Wissen, das sie ausschnittsweise in kleinen Portionen an der Uni angehäuft hatten, zufallsbedingt war. Und dass das, was sie jetzt machten, ein neues Studium war, vielleicht sogar ein drittes und viertes. Beide machten ihr Zweites Staatsexamen mit Eins. Ohne einander hätten sie es nicht so gut geschafft. Beide bekamen eine Stelle als Studienräte zur Anstellung in Linz am Rhein. Linz war eine kleine Weinstadt, voll mit Bustouristen, vierzig Kilometer von Alt-Muhl, zwanzig Kilometer von Bonn entfernt. Ein Gerücht war dort schneller herum, als man durch die Stadt fahren konnte. Die Schulleitung und der Lehrkörper vollständig konservativ. Einige gingen in den Pausen in die gegenüberliegende Kneipe. Beide Geschwister und noch zwei andere junge Leute machten sich schnell Feinde. Das sind die, die dem Direktor Schwierigkeiten machen, wurde gemunkelt. Aber beide zogen ihr Programm, was für 1973 fast revolutionär war, ohne Zögern durch. Sie waren jetzt trotz allem revolutionären Unterricht dabei, ins Establishment hineinzuwachsen.

Es fiel mir nicht schwer, Eddi Köhl zu verstehen. Ich bin selbst in einer Umbruchsituation großgeworden. Habe den Niedergang meiner Familie, den Aufstieg der Bolschwiken und die Flucht nach Europa erlebt. Ich war ja selbst ein Flüchtling. Ja, mehr noch, Ahasver oder der Fliegende Holländer. Ich hatte mein Studium stückweise zusammen bekommen, erst in Deutschland, dann in Belgien. Zu meiner Bestimmung als Psychoanalytiker habe ich erst in den vielen Kliniken im Mittelwesten der USA gefunden. Anderen zu helfen, ist auch meine eigene Therapie. Ich habe auch Kinder, die sich von mir abgewendet haben. Warum eigentlich, weiß ich bis heute nicht. Ich habe auch eine fast gleichaltrige Frau geheiratet wie Eddi, habe wie er meine Heimat für immer verlassen müssen. Eddi kann jetzt wenigstens als Tourist zurück. – Der Unterschied besteht in der Interessenlage, aber die lässt sich überwinden. Ich interessierte mich für Kosmonogie, Philosophie, Esoterik, deren Grenzbereiche und den Zen-Buddhismus. Eddi genügt die Alt-Muhl Zeitung, ein Glas Moselwein und eine Zigarre am Abend. Allenfalls noch Bismarcks „Gedanken und Erinnerungen". Eddi hatte, außer der Kriegsgefangenschaft, keinen solchen Bruch in seiner Existenz erlebt wie ich. Ich habe vor, zurück nach Amerika zu gehen. Eddi weiß davon noch nichts. Aber ich bin mir sicher, dass er durch mich gelernt hat, hier in der westlichen Hemisphäre auf eigenen Füßen zu stehen. Eddi ist nicht mehr der ehemalige Kriegsgefangene, der vor seinem Einsatz zum Volkssturm noch eine Grippe vorschützten wollte. Eddi ist zwar ein Ostpreuße geblieben, aber zu einem Viertel auch Rheinländer geworden. Die Dreiviertel Ostpreuße machten ihn weitsichtiger, genauer, vorsichtiger und auch penibler. Nur seine Begabung und Intelligenz hatte er als Geschäftsführer bei Raiffeisen nicht richtig entwickeln können. – Ich glaube, ich konnte es, obwohl von meinen zwanzig Büchern bei Amazon niemand Notiz nimmt.

10. NOCHMAL VERGANGENHEIT

Eddi hielt seine Besuche bei mir im Hunsrück vor seiner Familie geheim. Auch vor Elvira. Er musste Überstunden machen, den Chef vertreten, nacharbeiten. Wenn er die fünfzig Kilometer hinauf in das kleine Örtchen zurückgelegt hatte und ich ihn mit den Worten begrüßte: Wie lange haben wir uns schon nicht gesehen?, war er ziemlich kaputt. Aber er dachte daran, wie ich ihn auch nach dem hässlichen Angriff von Biallas dem Leben zurückgegen hatte. Ich verhielt mich nicht wie der klassische Psychoanalytiker, der seine Klienten auf die Couch legte und nur ab und zu einmal grunzte. Ich hatte selbst sehr viel erlebt und konnte zu Eddis Leben viel beitragen. Er konnte es auch verstehen. Die Systeme sind mehr als der Einzelne, pflegte ich zu sagen. In Ihrer Situation in Deutschland wäre ich auch Nazi geworden. Wahrscheinlich sogar ein C.G.-Jung-Anhänger. So etwas sagte ich. Eddi wusste nicht, dass ich ihm nur Bruchstücke von dem sagte, was ich bei ihm sah und was ich über ihn wusste. Ich wollte ihn einfach noch eine Weile als Klienten behalten. Eigentlich lässt sich das, was ein Mensch dem anderen über ihn selbst sagen kann, in drei Sätzen zusammenfassen. Danach braucht es keinen Psychoanalytiker mehr. Ich, Kornoff, musste aber von meinen

Klienten leben, und so hielt ich mich nicht an diese Weisheit. Zumal man nie wusste, ob die Sätze, die man einem anderen sagte, wirklich so ankamen, wie sie gemeint waren.

Eddi erinnerte sich in meinen Stunden, wie er nach dem Krieg den Lastenausgleich beantragt hatte. Elvira hatte geistesgegenwärtig neben den sechstausend Reichsmark auch sein ganzes schriftliches Raiffeisenkonto mitgehen lassen. Und so konnte er, neben dem spärlichen Ausgleich, rekapitulieren, wie er damals gelebt hatte. Damals, als er den Lastenausgleich beantragt hatte, lag das drei Jahre zurück. Ihm kam es vor, als wären es dreißig gewesen. Sein Gehalt hatte siebenhundertvierundfünfzig Reichsmark betragen. Er hatte alle seine Einkäufe, auch die kleinsten, über dieses Raiffeisenkonto abgewickelt. Und die Angestellte hatte alles in ihrer feinen, säuberlichen Sütterlin-Schrift auf- oder abgebucht. Ob es die Schloßapotheke Ostenburg, die Fracht für Möbel, das neue Haus musste ja eingerichtet werden, zwei Zentner Kartoffeln oder die Umzugskostenvergütung war. Auch das Zeitungsgeld und die Rundfunkgebühren wurden abgebucht. Hundert Rasierklingen, Sämereien, Farbe, eine Kohlenschaufel für eine Reichsmark, das Konto verzeichnete alles, wie es ein Finanzbeamter nicht penibler hätte machen können. Am 1.3.1944 wurde das Laufgitter für seinen Sohn Sven gebaut, der jetzt Lehrer war. Er begann mit etwa zehn Monaten sich aufzurichten und zu stehen. Während im Deutschen Reich die Städte in Schutt und Asche fielen, lebte man in Sierpc das herrliche Leben des Besatzers, ohne irgendeinen nennenswerten Mangel. Siebenhundertfünfzig Gramm Stangenbohnen, ein Tuschkasten, Raupenleim, zwei Meter Maschendraht,

Urlaubsentschädigung, denn Urlaub gab es keinen. Doch, einmal im Jahr 1944 fuhren sie für drei Wochen nach Zopot an die See. Im Westen hätte man sich darüber aufregen können.

Eddi wusste nicht, dass sein ältester Sohn und seine Tochter, jetzt beide Lehrer, während ihres Studiums in Bonn auch an einen Psychoanalytiker geraten waren. Der bekannte sich nicht öffentlich zu seiner Ausbildung, sondern hatte einen Lehrstuhl für Philosophie. Aber vom Katheder herab polemisierte er gegen die studentische Jugend. Er hieß Friedrich Schwingel. Im Seminar ließ er einen Studenten die ganze sophoklessche Ödipus-Fabel erzählen und fragte dann die Studenten: Was ist Ödipus hier passiert? – Als könne die Geschichte, die sich Sophokles ausgedacht hatte, um zu schocken, jedem passieren. Die Studenten bemühten sich, bei Schwingels psychoanalytischen Deutungen der Ödipus-Fabel mitzukommen. Besonders die Erstsemester verstanden nichts, waren aber fasziniert. Schwingel hatte ein teigiges, gelbliches Gesicht, formlos, eng beieinanderliegende, stechende Augen und eine vorspringende Nase. Selbst in seinen Vorlesungen trug er Pullover von C&A, ziemlich geschmacklos, manchmal in gelb, manchmal in rosa, mit einem engen Bündchen am Hals. Diesem Typen waren die beiden Geschwister verfallen. Schwingel war aber in der Vermittlung von Erkenntnistheorie überragend. Aber er propagierte auch zwielichtige Typen aus den Grenzbereichen zwischen Philosophie und Psychoanalyse, z. B. Norman Brown. Die Atmosphäre in seinen Seminaren war ebenso zwielichtig. Er sprach über die Farbwörter, verwirrte und hypnotisierte gleichzeitig. Er ließ nur Beiträge zu, die ihm passten und schmetterte alles Unerwünschte ab. – Es gab nichts anderes als die Psychoanalyse, und die Welt konnte nur mit den Augen ihres Mythendeuters, des schlüpfrigen Mircea Eliade gesehen werden. Eddi und Elvira hatten bemerkt, dass ihre zwei Kinder sich verändert hatten, seit sie in Schwingels Vorlesung geraten waren. Zum Schlechteren kann man nicht sagen, aber sie waren freier, kühner, selbstständiger geworden, schauten hinter die Kulissen des Seelenlebens ihrer Eltern und sprachen das auch aus. Eddi kam gar nicht auf den Gedanken, dass seine Kinder ebenso stark beeinflusst worden waren wie er selbst. Elvira, die es immer verstanden hatte, sich schnell anzupassen, registrierte das und richtete sich nach dem Wind. Aber abends im Ehebett hatte sie Eddi doch ein paar Mal darauf angesprochen, dass zwischen ihnen und den Kindern eine Lücke zu klaffen begann. Eddi wusste nicht mehr weiter. Der Kontakt zu seinen Kindern schlief ein. Kornoff riet ihm, mit seinem Sohn über sein Leben zu sprechen.

Nach dem Gespräch träumte der von dem Gehörten in der Art einer mittelhochdeutschen Mélange. – Mittelhochdeutsch, den einzigen Schein, den er im Studium mit einer eins gemacht hatte. Anders konnte er seine Gefühle nicht ausdrücken:

Dô muoz ein niuwes zimber her / mit weniger kranker spîse, / niht nur kreuter unde korn, /

ein düftiger ranft von haberbrot / und iht so lützel grüzze. / der arme edwinecus, / nu beleip er alsus / in dem wilden gumbinnen / in dirre dunkele lande / niht vater eller muoter / eller etwelcher geswister - / er bejagete aber alsus / in gumbinnen michel êre. / koufen unde verkoufen daz korn / niemals geben ein fuoder verlorn / trinken mitten gebûren, / lachen unde trûren, / früe unde spâte / in wätlîcher wâte, / in anzuog unde cravâte / prüefen häcksel unde halm / stêent innem velde / gekleit in slips und relde. / er mêrte mit fröude und ouch mit kraft / daz vermögen der genôzenscaft / in an- und' verkouf sêre. /

dô si das arme pôlenlant / mit twercher, ellenhafter hand / heten ûbervallen / und zesammen mit den ruzzen / gewaltsam überschuzzen. / dô wollten si dem rîchen lant / sîn getreide sougen / mit triegen unde lougen. / unde daz er deheinen tag / wolle vristen mêre / entweder er gienge mit sînem wîp / nach polen oder er künne den lîp / im strît an der ostfront verliesen / er künne gerne kiesen / under beiden alternativen / und swen er nach polen keme / swas er an gehalte neme, / daz waeren sibenhundert mark. / dô enhete der muotveste man / anders nicht gekieset. / kleider hette er genuoc / drie anzüege in dirrem schrank. / fimf hemeden und sieben slipse, / dâ hete domesticus ipse / mêre niht gehabet. / underhosen vom snîder / troug er hin und wider / gefertiget durch mâze / für acker felder unde strâze. / ouch truog er / brees von koningsberge / für riesen unde zwerge / für ober- und underklîder / maßen dort der schnîder / von bavaria kom. / ouch kunde er prima hefteln / der weiten breeches nefteln / wie segelôren nach ûzen / damite kuonde man tiûschen / krefte und michel sterke / muskeln unde herte, / herte wie ein helphant, / in schnell besîgten polenlant / Do scrîb ler an die sîne: / nu kom mit waetlichem scîne / hinüber g'en korschen / dô wil ich mit mînem forschen / loupfrosch dich abehôlen. /

Si geloupte, dô si Eddi nam, / er müeze undertaenic sîn / nicht anders als rinder unde swîn / so gezoch ich in mit vrostiger hant / unz er herausvant, / daz sîn meister müezze sîn / unde lützel iemen ander wîp / überlieze sînen lîp. / da si sêre en vorehre, / dez er ir enworchtre: / unz an ir fünfzigstes jâr, / dâ war sie riuwic genuog / daz si in mit worten genuog, / âne ez ze wissen / die sêle im gerissen, / daz herze unde ouch den lîp. / nu erbat er sie ouch darinne / in ihr schelten âne mâze / ire grôzen itewîze. / daz war'n sîne brieve von minne: / vil süeze lît-gebinne / was taetest du denn dînem sin / gedenk, daz ih gekommen bin / den Samstag über die strâze, / die chausee und âne mâze / stuont ich söntags vor der tür / und denk der rîchen bernstein / wîsel unde weine / kerpfen, gaense, vedervieh. / wie kann ich mittem munde genâden, obe ich kunde / mêre dann staete sîn / ouch kann ich nicht unz an min ende / bitten mitten henden / jeheiner kleiner guottât / daz ist unlougen / ich ensî ein guot man / ich bin kein trügenaere, / het ich so lützel êre, / so keme mir der verdachte, / daz du ez so machtest / und mir ez underschüebest / christlich projecieren / statt wätlich zu tjostieren / ez enwer nie gröezer ungemach / danne diese vurhalt-weh unde ach.

11. KINDER UND MEHR

Elvira vertrug das Ganze nicht. – Sie hatte schon immer Tumulte erzeugt, wenn ihr etwas zu viel wurde. Sie war Lehrerin. Aber sie wurde unlogisch, ausfallend und geradezu widerwärtig. Keinem Argument zugänglich. Hinterher tat es ihr leid, aber gegen das, was sie ihr Temperament nannte, konnte sie nicht an. Der Jüngste, der jetzt als Fahrstudent in Bonn Volkswirtschaft studierte, bekam das ab. Eigentlich war er gerne zu Hause. Aber jetzt wollte er sich doch in Bonn ein Zimmer suchen. Das regte Elvira noch mehr auf. Sollte sie auch ihr drittes Kind an diese Stadt verlieren, in der ihre zwei ersten unter die Räder gekommen waren? – Bonn gefiel Lothar. Er war ein großer, schöner junger Mann mit blonden Siegfried-Locken. Wenn er durch die Daniels-Passage auf den Münsterplatz ging, starrten ihn die schönen Verkäuferinnen durch die Schaufensterscheiben an und kamen nach draußen gelaufen. In der angesagtesten Diskothek, der „Tangente", wollte man ihn gar nicht mehr sehen, weil er nach einer halben Stunde, bei einem Getränk, mit zwei, drei der hübschesten Studentinnen nach oben ging. Mit seinem ersten Zimmer hatte er Pech. Er geriet an eine geistig verwirrte Vermieterin, die ihm Essen kochte und ihm dann, aufgrund eines Verfolgungswahnes, schnell kündigte. Er hatte sich, ziemlich früh, mit einer französischen Lehrerin liiert, etwas älter als er, die als Assistentin an einem Godesberger Gymnasium arbeitete. Sie lebten in zwei möblierten Zimmern im gleichen Haus. Lilli unterstützte Lothar mit ihrer Lebenstüchtigkeit und war ein Hort der Ruhe für den unruhigen jungen Mann. Der verschwand ab und zu für zwei Tage, keiner wusste, wo er war. Dann kam Lilli die zwanzig Kilometer von Bonn nach Linz zu Sven, um zu fragen, wo Lothar war. Lothar dürstete einfach nach Freiheit, er, der von Elvira als Nachkömmling und Hätschelhans so eingeschränkt worden war. Er war intelligenter als Sven, aber auch eigenwilliger. Was er sich in den Kopf gesetzt hatte, setzte er durch. Und er machte alle seine Scheine und Zwischenprüfungen in Volkswirtschaft mit Spitzennoten. Erst bei seiner Diplomarbeit, die wirklich Quälerei in kurzer Zeit war, geriet er in Stress. Er war lebenstüchtig und ließ sich kein X für ein U vormachen, war sparsam und überlegte, ob er nach dem Volkswirtschaftsdiplom noch ein Jurastudium dranhängen sollte. Trotz allem fuhr er fast jedes Wochenende nach Hause, manchmal kam Lilli mit. Von ihm wird noch die Rede sein. Das gute Essen Elviras lockte. Sie freute sich, wenn sie am Wochenende ihren jüngsten Sohn für sich hatte. Mit Lilli vertrug sie sich gut. Sie war ja auch Lehrerin.

Ich sah Eddi jetzt nur noch einmal im Monat. Er erzählte mir, dass es ihm besser ging, dass der Traum von Skonetzki mit dem roten Stirnband nicht wiedergekommen sei und dass er jetzt, wo die Kinder alle aus dem Haus seien, wieder Sex mit seiner Frau habe. Eddi wirkte zuversichtlich. Die beiden Ältesten, das Zwillingspärchen, wie er sie nannte, waren dabei, Beamte zu werden. Und der Nachkömmling steuerte eine Karriere als Wirtschaftsberater an. Er, Eddi, würde ihm auch noch ein Zweitstudium finanzieren. Schließlich hatte es ihn selbst, der nur das Einjährige hatte, immer zur Rechtswissenschaft hingezogen. Ja, dieser Jüngste war seine Augenweide. Er hatte ihn nicht wegen seiner Kriegsgefangenschaft aus den Augen verloren, wie die beiden Älteren. Der hier würde sein wahrer Nachfolger werden.

Die beiden Zwillinge nicht. Er hatte bei einem Familienbesuch in Linz ein Buch auf dem Schreibtisch seiner Tochter liegen sehen, Wendula Dahle: „Deutschunterricht und Arbeitswelt", und darin geblättert. Was er da fand, war purer Marxismus, der nicht an die Schule gehörte. Produktionsmittel, Verkauf von Arbeitskraft zu miesen Bedingungen, hatte er hier gelesen. Und mit seinem Sohn stand es wahrscheinlich nicht anders. Er musste sich noch einmal seine Wohnung in Dattenberg hoch über Linz ansehen. Wie waren die Beiden überhaupt an der Regelanfrage vorbeigekommen? – Jetzt konnten sie ihr Süppchen kochen. Seine Tochter sprach von Leuten, deren Namen er in der Zeitung gelesen hatte. Wie es schien, mit Hochachtung! – Wenn sie von denen sprach, kannte sie auch welche. Und was „kennen" in dieser Gruppe bedeutete, ahnte er. Gruppe! – Schon das Wort kotzte ihn an. Er musste an seine missglückte Kur denken. Leontine hatte eine Dreizimmerwohnung, obwohl sie allein lebte und allenfalls ihr Freund am Wochenende aus Bonn kam. Wofür brauchte sie die vielen Räume? – Er hatte ja in Gumbinnen auch in einem einzigen Zimmer gelebt, wo man alles immer zur Hand hatte. Am liebsten würde er die Nachbarn fragen, ob unangemeldete Leute zu Besuch kämen, die man hier nicht kannte. Aber das traute er sich dann doch nicht. Leontine hatte ihn bis zu ihrem dreizehnten Lebensjahr angehimmelt und war dann an die Literatur geraten. Hatte in der Schülerzeitung die Direktorin beleidigt. Er war vorgeladen worden und hatte die Sache gerade noch zurechtgebogen. Mit fünfzehn hatte sie sich einen Freund zugelegt, auch ein Literaturjünger, mit dem sie bis zum Abschluss ihres Studiums zusammengeblieben war. Um das Praktische hatte sich immer er, Eddi, gekümmert. Die möblierten Zimmer in Bonn, die Wohnung in Köln während ihres Referendariats und selbstverständlich die schöne Maisonettewohnung hier in Linz. – Sie sollte sich überlegen, woher sie kam. Sie war Ostpreußin, obwohl sie in Sachsen geboren war. Ostpreußen, das waren Leute, die etwas hinter dem Mond lebten und die leicht zu übertölpeln waren. Aber sie waren auch ziemlich intelligent und lernten im Rheinland schnell dazu. Aber das Erbe des Landes, wo sie herkamen, blieb ihnen. – Die Rheinländer waren auf eine andere Weise schlauer als die Ostpreußen. Sierpc war agrarisch geprägt gewesen, und in Alt-Muhl saßen mit der großen Garnison und vielen Versicherungen die Heer- und Handelsknechte. – Er glaubte manchmal, er denke schon wie seine Tochter. Wie er glaubte, dass sie denke! – Sie waren doch eine andere Kategorie als Alt-Muhl. – Eddi musste mehr über seine Kinder herausbekommen. Vielleicht sollte er Lothar einmal hinschicken, um nachzusehen. Aber Lothar würde das wahrscheinlich nicht machen.

Er hing an seinen Geschwistern und fuhr jetzt einmal in der Woche nach Linz zum Lehrervolleyball, wo die Seite, auf der er mitspielte, immer gewann. Zum Sport hatte er seinen Jüngsten gebracht, und der war in seiner Gymnasialzeit Schulmeister im Kugelstoßen geworden. So etwas trieb den jungen Leuten die Flausen aus dem Kopf. – Dass sich seine beiden Ältesten mit der Gruppe verbandelt hatten, konnte er gar nicht glauben. Und doch war es so. Ein dritter junger Lehrer, der in Bonn in einer WG lebte und jeden Tag die zwanzig Kilometer hin- und herfuhr, hatte den Kontakt hergestellt. Die WG war fast eine Geschwister-WG, und die merkwürdigsten Leute gingen dort aus und ein. So viel hatten die Geschwister Eddi erzählt. Die rothaarige Psychologiestudentin, von der die beiden so euphorisch gesprochen hatten, hatte wohl den Kontakt hergestellt. Beide Geschwister fuhren jetzt oft nach Bonn und parkten vor dem großen Gründerzeitgebäude direkt neben den Bahngeleisen. Von Schwingel hatten sie ihren Eltern nie etwas erzählt, aber mit seiner suggestiven Art hatte er Eddis Kinder herumgedreht und sie in diese Kreise gebracht. Demnächst würde noch die politische Polizei bei ihm vorsprechen. Mit denen hatte er ja Erfahrung. – Die Kinder waren jetzt über dreißig, Zeit zu heiraten. Er und Elvira hatten es früher getan. Vielleicht kamen dann ja Enkelkinder und brachten die beiden wieder auf die richtige Bahn.

„Woran denkst du?", fragte ihn Elvira jedes Mal, wenn er diesen Gedanken nachhing.

„An nichts!", sagte er. Aber es störte ihn doch, als er erfuhr, dass seine beiden Kinder als Zeugen zu einem solchen Prozess geladen worden waren. Die Lufthansamaschine war gerade entführt worden, und man suchte

Leute, die andere Leute kannten. Auch über Dritte und Vierte. „Märtyrer Halimeh", hatte sein Sohn gesagt. Als ob das ein Märtyrer gewesen war. – Wie konnte man bloß so dumm sein!

Nach diesen Vorfällen sah ich Eddi erst ein paar Wochen später. Er hatte sich mit seiner Frau besprochen, die immer noch Lehrerin war. Sie fand aber nichts Ungewöhnliches am Verhalten ihrer beiden Kinder, die sie „erwachsen" nannte. Sie, die Eltern, hätten nicht mehr das Recht, ihnen in persönliche Dinge hinein zu reden. Eddi hatte ein paar Mal versucht, seinen Sohn am Telefon zur Vorsicht zu mahnen, der tat, als verstehe er ihn nicht. Vielleicht verstand er ihn auch wirklich nicht. So beschloss Eddi eines Samstagabends in Linz selbst unangemeldet und verborgen nach dem Rechten zu sehen. Er nahm die rechtsrheinische Route über Neuwied, Leutesdorf und Bad Hönningen und war bei Einbruch der Dunkelheit vor Linz. Er ordnete sich rechts ein, wo die Serpentinen nach oben in den kleinen Ort Dattenberg führten, wo sein Sohn zwischen den Weinbergen auch eine viel zu große Wohnung hatte. Am Straßenrand den Berg hinauf saß eine große Eule, die nicht wegflog. Sven wohnte im Angstweg, mit Blick über das ganze Rhein- und Ahrtal. So einen Namen hatte er sich ja aussuchen müssen, dachte Eddi. Er parkte auf der Plattform vor der gegenüberliegenden Garage unter einer uralten Eiche. Die wuchs hier aus dem Berg. Er schlich ums Haus und sah durch die halb heruntergelassenen Rollos Licht. Plötzlich brach laute Musik los. Es war Musik, mit der Eddi noch nie etwas hatte anfangen können. Allein beim Hören fühlte man sich in den Dschungel oder auf amerikanische Baumwollfelder versetzt. Das war schwarze Musik. Ein Sänger, seine

Gitarre und eine mouth harp. Mundharmonika wollte er zu diesen aufgepeitschten Klängen nicht sagen. Was war da drin los? Eddi fasst sich ein Herz und schlich über die Terrasse zu den Rollos. Sie tanzten. Kaum bekleidet. Sven in Unterhosen und ein dralles, schlankes Mädchen in Slip mit einem süßen Herzgesicht und einer blonden Mähne, die sie hin- und zurückwarf. Jetzt fasste Sven sie um die Hüfte und hob sie in die Luft. Gleich würden sie ins Bett fallen. Und das taten sie auch. Drei Tropfkerzen, auf Chiantiflaschen gesteckt, erleuchteten den Raum, in dem Eddi mit seinem Sohn und seiner Frau vor ein paar Tagen noch Tee getrunken hatte. – Den Rest wollte Eddi gar nicht mehr sehen. Sein Sohn und Sex. Sein eigener Beischlaf hatte sich immer im verdunkelten Schlafzimmer im Ehebett abgespielt, so war auch Sven, der hier offensichtlich eine Orgie veranstaltete, gezeugt worden. Aber von RAF keine Spur. Oder gehörte das zu ihrem Lifestyle, wie man in diesen Kreisen sagte? – Sein Sohn hatte von dieser attraktiven Frau, mit der er es hier trieb, zu Hause nie etwas erzählt. – Wenn sie die Einzige war! Er hatte bestimmt Recht, das hier war mehr als bloßer Sex. Das war Politik. Gegen das Establishment, zu dem jeder gehörte, der zweimal mit der gleichen pennte. Eddi ging zurück zu seinem Auto und fuhr wieder nach Alt-Muhl. Aber eine Woche nach diesem Vorfall fuhr er nochmal abends hin. Diesmal standen zwei BMWs mit Berliner Kennzeichen vor Svens Wohnung. Eddi wusste jetzt genug. Und das musste ihm passieren, der seine Kinder sorgfältig erzogen und überwacht hatte.

Nach ein paar Jahren war sich Eddi darüber klargeworden: Seine Befürchtungen waren nur Ängste gewesen. Der anstrengende Schuldienst hatte die Geschwister absorbiert. Sie mussten in den Siebzigern mindestens eine halbe Tonne Schülerarbeiten korrigiert haben. Dazu kamen die Vorbereitungen, die Stunden, die gehalten werden mussten. Und sie wollten mit den Verdächtigungen, die rund um die Szene kolportiert wurden, nichts zu tun haben. Leontine hatte einen jungen Kollegen kennengelernt. Beide spielten mit dem Gedanken an Heirat. In Linz gab es noch günstiges Baugelände, obwohl die Stadt schon zum Einzugsgebiet von Bonn gehörte. Svens Dauerfreundin, eine Versicherungsangestellte, die mit der er an jenem Abend getanzt hatte, erwartete ein Kind.

Das Leben in dem kleinen Landstädtchen war angenehm. Es gab einen Tennisclub, und die Frauen der Lehrer am Gymnasium trafen sich einmal im Monat nachmittags zum Teekränzchen. Aber das war Leontine zu spießig. Sie lebte ihren ganzen Ehrgeiz an der Schule aus, und wurde zur Studiendirektorin befördert. Und bei den Abiturprüfungen in Deutsch setzte man nur sie als Prüfungsvorsitzende ein. Man bot ihr eine Schulleiterstelle an. Aber das wollte sie nicht. Sie hing an ihrem Fach. Samstagabend gingen alle in die Sporthalle. Der Basketballclub Linz war eine große Nummer. Einmal im Monat gingen die Geschwister mit ihren Partnern in die Burg Ockenfels zum Essen. Mit den Kollegen kam Sven überhaupt nicht zurecht. Jedes einzelne geisteswissenschaftliche Studium unterscheidet sich vom anderen fundamental. Und jeder seiner Deutschkollegen glaubte, mit dem, was durch viele Zufälle und zufälliges Spezialwissen der Professoren in sie hineingelangt war, seien ewige Wahrheiten, für die das ebenso zufällige Wissen der Anderen nicht existierte. Es war furchtbar! – Dann wurde die Schule auch noch Ausbildungsschule. Und es begann der Kampf um die Referendare, die man nicht ausbildete, sondern kostenlos unterrichten ließ. Sven eignete sich nochmal ein halbes Dutzend mehr Wissen an als im Studium. Dafür wurde er mit umso größerem Neid und Hass bedacht. Du verdirbst die Preise, wurde er öffentlich angeprangert. Bald aber wurde der Schule die Ausbildungslizenz wieder entzogen, weil das Bezirksseminar in Neuwied geschlossen wurde. Alles lief wieder in der alten Spur. Die Wohnung wurde fast zu klein. Und Sven und Anastasia bekamen einen Sohn, Jarn. Wenn kein zweites Kind hinzukam, konnte man hier bequem zu dritt leben. Sven reduzierte Stunden um sich um den Säugling zu kümmern, wenn Anastasia arbeitete. Sie hatten jetzt doch den großen Garten, der sich den Hang hinunter bis zu den Weinbergen erstreckte. Und Sven steckte eine gehörige Portion Arbeit hinein.

Er begann sich jetzt immer häufiger zu fragen, wer er, jenseits seines ganzen angehäuften Wissens, eigentlich war. Schwingel, auf den damals beide Geschwister hereingefallen waren, hatte ihm die Antwort nicht gegeben. Vielleicht lag sie in der Tiernatur des Menschen. Über seine eigene Tiernatur wusste Sven wenig. Was blieb da noch übrig, wenn man die Abrichtungen wegnahm? – Aus der Tiernatur war sein Sohn gekommen, der sich jetzt schon am Laufgitter hochhangelte. Sollte das alles sein, was von ihm übrigblieb? – Die neueste Antwort lautete: Es sind die Gene! – Aber was war mit den nicht genutzten? Da kommt man aus Alt-Muhl, dachte Sven, fährt als Neunzehnjähriger mit dem Zug nach Bonn und sitzt im philosophischen Seminar diesem Schwingel gegenüber. Aufgewachsen in einer ostpreußischen Familie, in einer Enklave am Rand der Stadt. Von der Welt nichts gesehen und gehört. Und da sitzt dieser Schwingel am Ende der Bankreihe mit seinem C&A-Pullover. Keiner weiß, dass sich hinter dem jungen Philosophieprofessor ein Psychoanalytiker verbirgt, der es auf das Unbewusste, die inneren Systeme seiner Schüler, abgesehen hat. Dass es ihm darauf ankommt, Proselyten zu machen, für die Psychoanalyse zu gewinnen. Damit sich die jungen Leute, wenn schon nicht bei ihm, dann bei einem anderen auf die Couch legen. Er hat gerade ein Buch über die Scham veröffentlicht. Dabei müsste er sich für das, was er da tut, selbst schämen. Das Ganze war hinterwäldlerisch. Die Zeit der Psychoanalyse längst vorbei. Jahrhundertwende. Hysterie. Anna O. Aber der wird diese Dogmen immer weitertragen. Jahrzehnte! Er hatte damals Schwingels Sätze oft genug zu hören bekommen: Weiß ist heller als Schwarz! – Patience spielt man allein! – Was ist Dornröschen hier passiert? Schwingel lehrte immer noch. Sven war ein paar Mal die zwanzig Kilometer nach Bonn gefahren und hatte sich in die Vorlesung gesetzt. Schwingel war immer noch zwielichtig. Aber er hatte sich entwickelt. Er war jetzt professionell und mitreißend geworden. Und Sven war inzwischen reif genug, seine Anfälle zu tolerieren.

12. ABKLAPPERN

Wir waren jetzt schon in den Achtzigern, und Eddi wusste über seinen Sohn immer noch nicht viel. Er war ein aufgewecktes, intelligentes Kind gewesen. Elvira hatte es ja in den Karten in die Gefangenschaft geschrieben. Aber mit sechs, sieben Jahren war Sven ziemlich nervös gewesen und hatte von Dr. Meier-Bianci immer wieder Baldrian Dispert verschrieben bekommen. Vielleicht war es ja der Übergang vom Familienleben mit den Großeltern zu dem Familienleben mit ihm, Eddi, gewesen, der, wie ich sagte, im Krieg doch ziemlich traumatisiert worden war und einen Therapeuten hatte aufsuchen müssen. Während der Pubertät hatte sich Sven aus dem verglasten Büffet Bücher herausgesucht, die „Stellen" hatten. Eddi hatte das konstatiert, aber nichts weiter gesagt. In der Oberstufe der Gymnasialzeit war er richtig gut in der Schule geworden, besonders in Deutsch. Dass er und seine Schwester Germanistik studieren wollten, lag nahe. Eddi hatte heimlich an den Philologenverband geschrieben, ob so ein Studium Zukunft habe. Die Aussichten als Lehrer seien gut, war die Antwort gewesen. Und Eddi hatte das Doppelstudium schweren Herzens finanziert. Einmal hatten sie ein Semester lang Honnefer Modell beantragt, den Vorläufer vom BaFöG. Aber der Druck auf die Kinder, möglichst viele Scheine pro Semester zu machen, war zu stark gewesen. Und so hatte man es ganz schnell gelassen. Eddi hatte ausgerechnet, dass er von dem Geld, das seine ersten beiden Kinder zum Studium verbraucht hatten, leicht ein Einfamilienhaus hätte finanzieren können. Aber kleinkariert wollte er auch nicht sein und hat es den Kindern nie vorgehalten. Er freute sich, wenn sie ihn und Elvira am Wochenende mal zum Tee einluden. Die Autofahrt durch die Rheindörfer auf der rechten Seite machte ihm immer Spaß. Vierzig Kilometer Abstand zwischen ihm und den Kindern, das war genau das Richtige. Doch ein Stück entfernt, aber nicht zu weit. – Lothar, der Jüngste, wurde fertig und fand eine Stelle als Wirtschaftsberater in einer großen Alt-Muhler Kanzlei. Doch er stellte schnell fest, dass man ihn dort ausnutzte, und so machte er sich selbstständig. Alt-Muhl bot zwar wenig große Tantiemen, aber für eine große Wohnung auf dem Oberwerth reichte es.

Dann kam 1989 die Wende. Eddi hatte nie Angst vor dem Atomkrieg gehabt, weil er wusste, dass dann alle anderen mit drauf gehen würden. Jetzt hatte er plötzlich Angst davor. Europa war ungeschützt. Und die paar Raketen der Engländer und Franzosen würde die andere Seite gut verkraften. Ob sich Amerika für Europa noch einmal in die Schanze schlagen würde, war mehr als fraglich. Eddi war kein Russenhasser. Aber er hatte in den vier Monaten beim Volkssturm gesehen, was Krieg heißt. Er war nie im Nahkampf gewesen. Aber auf weit entfernte Soldaten, die in der Ferne so klein waren, dass man sie kaum sah, hatte er geschossen. Eddi war jetzt siebzig. Seine Kinder gingen auf die fünfzig. Er hatte Enkelkinder, zwei eheliche und ein uneheliches, denn Sven weigerte sich mit seiner achtundsechziger Haltung immer noch zu heiraten.

„Willst du denn, dass das Kind den Namen seiner Mutter trägt?", fragte Eddi.

„Im Augenblick ist es mir egal", antwortete Sven.

Bei der Vereinigungseuphorie war an eine schlechte Atmosphäre nicht zu denken. Alle riefen „Gorbi" und bedankten sich bei Russland. Sven wurde befördert. Er lebte mit Anastasia und dem Sohn immer noch in der großen Wohnung im Angstweg. Er gab jetzt nur noch zwölf Wochenstunden. Leontine und ihr Mann hatten im Angstweg, unweit von Svens Wohnung, gebaut. Und so konnten sie sich fast täglich besuchen. Svens Freundin, die bei einer Bonner Versicherung gelernt hatte, arbeitete jetzt halbtags bei der Linzer Sparkasse und ging jeden Tag nach dem Dienst den steilen Weg nach Dattenberg zu Fuß hoch.

Doch halt! – Es gab noch ein Zwischenspiel mit einer Referendarin. Von der Anastasia nie erfuhr. Eine attraktive, große, blonde Frau mit flächigem Gesicht, die sich viel auf ihre adlige Abstammung einbildete. Sie hieß Anouschka von Knobelsdorf. Wenn Sven ihr beim Essen gegenübersaß, wirkte sie amerikanisch. Sie genoss das Mahl mit allen Sinnen. Ihr Gesicht zeigte, dass sie dachte, es käme ihr zu, hier in der Burg Ockenfels zu sitzen. Ein zurückgenommenes Lachen. Immer in einfachen Klamotten. Ein graues T-Shirt. Ein weißes Schälchen um den Hals drappiert, und unwahrscheinlich hohe Stöckel, um noch größer zu erscheinen. Sie ließ die weit ausgeschnittenen T-Shirts immer über die Schultern rutschen und dann sah man die Träger ihres BHs. Die war so intelligent und ausgebufft, dass sie den Unterricht gleich hätte allein übernehmen können. Sie versuchte auf unauffällige Art zu dominieren. Sven lud sie noch ein paar Mal zum Essen ein, wenn Anastasia sich um das Kind kümmern musste. Danach, in ihrem Appartement in Neuwied, kam es dazu. Sven war ziemlich enttäuscht. So sind eben die Geisteswissenschaftler, sagte er sich. Es ging noch ein paar Mal hin und her. Dann hatten sie genug voneinander. Auf der Burg Ockenfels waren sie einmal gewesen. Sven dachte, dass er das nicht hätte machen dürfen. Er hatte auch keine Gewissensbisse, sondern betrachtete das Ganze als sportliche Übung, die Referendarin auch. Jetzt kam der Alltag wieder stärker auf ihn zu. Er war Studiendirektor und für die Vertretungspläne verantwortlich. Seine Stunden wollten vorbereitet sein. Die Korrekturen, die Show-Stunden für die Referendare. Er merkte, dass er älter wurde.

Sven hatte sein Referendariat an einer Stadtschule in Alt-Muhl gemacht, auf die fast nur Beamtenkinder gingen. Unterricht war dort für die Schüler ein Sport. Der Kampf ging um die Noten. Der Hauptgegner war der Lehrer. Und sie beklatschten sich gegenseitig, wie beim Volleyball nach gelungenem Punkt, wenn sie, eigentlich gegen den Willen des Lehrers, eine bessere Epochalnote ergattert hatten. Die Eltern dort betrachteten die Lehrer als ihre Glücksbringer. Und wenn sie kein Glück brachten, dann standen sie beim Elternsprechtag bis neun Uhr abends vor dem Klassenzimmer, das man zum Sprechzimmer gemacht hatte, und versuchten ihn zu überreden. Zum Teil mit den merkwürdigsten Argumenten. In Linz war alles ganz anders. Die Eltern der Kinder waren Arbeiter bei der Kali-Chemie oder der Basalt-AG oder sie arbeiteten als Angestellte, meistens bei der Bahn. Nach einem ersten Halbjahr war der Sprecher einer zehnten Klasse, ein großer, blonder Junge, zu ihm ans Pult gekommen und hatte sich „für den Unterricht" bedankt. Streit um mündliche Noten gab es so gut wie überhaupt nicht. Die Arbeit an dieser Schule war wirklich Basisarbeit. Er hatte gar nicht, wie Uwe Timms Held in „Heißer Sommer" an eine Grundschule zu gehen brauchen.

Sven wurde ein Listenplatz für ein Landtagsmandat angeboten, falls er in die Partei eintrat. Der Innenminister von Rheinland-Pfalz wohnte im nächsten Örtchen nebenan. Dessen Sohn saß bei ihm im Leistungskurs Deutsch und wunderte sich, dass Sven keinen RAF-Unterricht machte, obwohl er doch zu dieser Generation gehörte. Aber Sven benutzte die Klassiker, um etwas in den Köpfen der tumben Gestalten, die ihm in der Klasse gegenüber saßen, zu verändern. Jedenfalls erzählte der Sohn seinem Vater zu Hause von Svens „wundervollem" Unterricht. Und der Innenminister kam beim Elternsprechtag selbst in Svens Sprechstunde, um dieses Wundertier kennenzulernen. Nach der Unterredung machte er Sven das Angebot. Sven sagte, er wolle es sich überlegen und innerhalb einer Woche Bescheid sagen. Abends im Bett besprach er sich mit Anastasia, aber die hatte Angst, dass ihr Mann in Kreise käme, an die sie noch weniger heranreichen könne als an seine Schule. – So sagte Sven ab. Der Minister konnte gar nicht glauben, dass ein einfacher Oberstudienrat so ein Angebot ausschlug, zumal er ihm seine Protektion zusicherte. Sven drehte und wandte sich.

Aber er blieb standhaft. Seine Frau und die Arbeit an der Schule waren ihm wichtiger als der Landtag. Wenig später stolperte der Innenminister über irgendeine, übrigens bedeutungslose Affäre. Sven beglückwünschte sich, auf seine inneren Systeme gehört zu haben.

Sven wusste, was die jungen Leute wollten. Sie wollten Metaphysik. Etwas, das über das Weltall und das Menschsein hinausreichte. Sie wollten den Sinn hinter den Dingen. Aber hinter den Dingen lag nur ein neues Geheimnis. Sven wusste aber auch, dass man gerade dies ihnen durch die Sprache nicht offenbaren konnte. Inzwischen hatte er sich, einst ein Bewunderer, von Kants Kritik der reinen Vernunft gelöst. Kant war sprach- und Aristoteles- gläubig gewesen und hatte ein Gedankengebäude errichtet, mit dem er das ganze menschliche Denken unterminiert hatte. Über die Rolle, die die Sprache dabei spielte, hatte er nicht nachgedacht. Aber um die Quintessenz der reinen Vernunft zu verstehen, brauchte man sie gar nicht zu lesen. Er hatte Ausschnitte davon im Philosophieunterricht durchgenommen und die guten Schüler waren beeindruckt gewesen. Aber sie wollten Esoterik und betrieben in ihren Cliquen Tischrücken und Geisterbeschwörung. Swedenborg, gegen den Kant die Kritik der reinen Vernunft geschrieben hatte, hätte seine helle Freude gehabt. – Wie konnte er als Lehrer den Drang der jungen Leute befriedigen? – Spätestens im Studium würden sie so mit Wissenschaft zugepflastert, dass ihnen der Drang nach Metaphysik vergehen würde. Ohne zu wissen, dass hinter der Wissenschaft auch wieder Metaphysik stand. Oder sie gerieten in esoterische Zirkel und nahmen an den ständig wachsenden Therapiegruppen teil. Einige Schüler, die ihn nach ein paar Unisemestern an der Schule besucht hatten, hatten davon erzählt. Er wusste ja selbst keinen Ausweg. Und Philosophie hatte er damals nur studiert, weil Schwingel ihn so becirct hatte. Also blind ins offene Leben! – So waren die meisten Menschen. Aber der Unterricht machte ihm noch Spaß, auch die Pflicht, den jungen Leuten etwas aus der literarischen Tradition und der Moderne beizubringen. Im Grunde sah jeder die Welt anders. Und „die Sprache" gab es nicht. Es gab nur Versprachlichungen Einzelner. Selbst das metasprachliche Reden war nur das Reden Einzelner auf einer höheren Abstraktionsstufe. Aber durch Abstraktion konnte man auch nicht zur Erkenntnis des Alls und zur Metaphysik gelangen. Und die Philosophen an der Uni waren auch weitauseinander. Eine „philosophische" Schule ließ die einfachsten Begriffsdefinitionen der anderen nicht gelten. Es herrschten Hass und Rivalität. Wie musste es dann erst zwischen den verschiedenen „Denkschulen" in Deutschland aussehen? – All das war eine Folge der individuellen Versprachlichungen, die die Möchtegern-Philosophen „Sprache" nannten. Das Hauptinteresse eines jeden war der Wunsch, mit den anderen Menschen im Einklang zu leben. Das zweite Motiv waren die Rivalität und die Angst. Oft auch die Rivalität und die Sexualität. Regierungen wussten das und nutzten das aus. Daher die vielen Autokraten und Populisten, die jetzt nach oben gespült wurden. Philosophie kannst du nur studieren, um sie zu überwinden und hinter dir zu lassen, dachte Sven. – Was war der Mensch? – Voller Ressentiments und niemals aufgeben! – Alle scheinbar individuellen psychologischen Vorteile und Begriffe, selbst die scheinbar aller individuellsten, stammten aus der öffentlichen Meinung! Die Autokraten wollten die Welt einschüchtern! – Wirklichkeit wird immer nur ausschnittsweise wahrgenommen. – Es ist nichts vergangen!

13. EHELICHE LIEBE

Sven war mit Anastasia ziemlich glücklich. Als Teenager hatten ihr die Jungen wegen ihres guten Aussehens keine Ruhe gelassen, und so war sie mit fünfzehn von der Realschule geflogen. Sie liebte Motorräder, weil ihr Vater sie als kleines Kind oft, vorne auf dem Tank liegend, mit dem Motorrad chauffiert hatte. Aber sie geriet in der Motorrad-Clique, in der sie sich bewegte, immer an die Falschen, einmal sogar an Kriminelle. Aber ihr guter innerer Sinn warnte sie und ließ sie rechtzeitig abspringen. Da war es ihr Glück, dass Sven, der sie den ganzen Nachmittag auf der Liegewiese des Bonner Melbbades beobachtet hatte, sie auf dem Nachhauseweg ansprach und sie fragte, ob er sie nach Hause fahren dürfe. Wieder sprang ihr innerer Sinn an. Sie stieg ein, und von da an trafen sie sich regelmäßig. Sven fuhr jetzt nach der Schule oft nach Bonn, und bald schenkte sie ihm ihren schönen Körper. Sie war damals jung und auf Abenteuer aus, und Vorsicht gehörte nicht zu ihren Charaktereigenschaften. Sie wusste, dass ihr nichts anderes als eine Heirat blieb, um aus ihrer Vergangenheit und dem verqueren Elternhaus herauszukommen. Sie dachte schon daran, eine Annonce aufzugeben und überlegte sich Formulierungen. Jetzt war es also ein Beamter, ein bisschen älter als sie. Sie genoss auch ein bisschen die Boheme, mit der Sven da oben in Dattenberg, hoch über den Weinbergen in seiner viel zu großen Wohnung lebte. Anastasia war nicht dumm, sie war nur am Bildungssystem vorbeigeschrammt. Sie hatte in der Motorrad-Clique herrlichen Sex gehabt. Aber das hier war auch nicht schlecht. Sie wusste nicht, dass Svens Vater Eddi sie damals beim Tanzen in der Nacht beobachtet hatte und sie seitdem mit anderen Augen ansah. Für Eddi war das, was sein Sohn Sven und Anastasia da machten, Revolution gewesen, für Sven ein Nachholen. Er hatte, erst als Fahrstudent, dann in wechselnden möblierten Zimmern, auch viel gearbeitet und sein Studium, wenn auch nicht in der kürzesten Zeit, so doch normal durchgezogen. Er hatte mit der körperlichen Liebe relativ spät angefangen. Und die paar Affären zählten gar nicht mehr. Außer mit Irene, die ihn während seines Philosophieexamens betreut hatte. Irene hatte Ägyptologie studiert und war später an ein Museum gegangen. Den Kontakt mit ihr hatte er verloren, vor allem, weil er Anastasia nicht eifersüchtig machen wollte. Ja, Anastasia war eine Schönheit. Wenn er am Wochenende nach Waxweiler in die Eifel fuhr, und sie dort für ein Wochenende im nahen Dorinth-Hotel übernachteten, stellte sie, auch im Herbst, auf den blätterbedeckten Waldwegen etwas dar. Sie hatte ihr Herzgesicht verloren. Jetzt als Mutter eines Sohns, der schon zur Schule ging, war sie eine Schönheit geworden. Wenn man sie von weitem neben Christa, der Frau seines Freundes Axel durchs Hotelportal kommen sah, in ihrer roten Herbstjacke mit silbernen Knöpfen und dem schwarzen Rolli darunter, konnte man glauben, man habe es mit einer Hollywood-Schönheit zu tun. Sie lachte auch so. Ein bisschen frozen smile. Das hatte sie sich, seit sie in die Studienratsgesellschaft aufgestiegen war, angewöhnt. Wenn sie näherkam, sah man, dass ihr Gesicht von außerordentlichem Reiz war. Ebenmäßig, mit flacher Stirn, dem Sex nicht abgeneigt, die kaum sichtbaren Falten zwischen Nüstern und Mundwinkeln bewiesen es. Sie schaute, als wolle sie sagen: Da bin ich, ich kenne keinerlei Arg, nimm mich so, wie ich bin. Grüne Augen und die Augenbrauen so gut wie gar nicht gezupft. Ihre blonden Haare hingen ihr auf der linken Seite über die Schultern, auf der rechten ließen sie ein Ohr frei. Das wirkte, völlig ungewollt, ein wenig herausfordernd. Schöne Zähne. Natürlich war sie schlank. Das Dralle, das Eddi vor acht Jahren bei ihr beobachtet haben wollte, hatte sie verloren. In der Rechten hielt sie Svens lederne Fototasche. Sie war ganz dem Leben zugewandt. Um den Hals eine Perle an einer schmalen Spange.

Auch im mondänen belgischen Seebad Knokke hielt sie sich gut. Ein paar Jahre wohnten sie im Sommer vier Wochen im Les Sables d'Or. Sie hatten eine rosa gestrichene Villa fast ganz für sich, und Anastasia stand vor dem rosa Eingang und streckte sich. Beim Frühstück saßen sie auf der verglasten Terrasse, und Anastasia schrieb Postkarten an die Freunde. Konzentriert und die gespreizten Finger mit den farblos lackierten Fingernägeln auf die Tischdecke gedrückt. Durch die Glasfenster sah man die geparkten Autos auf dem schmalen Dünenstreifen, der nebenan freigeräumt worden war. Am Tisch hinter ihr verzehrte ein

Kahlköpfiger sein Frühstück. Les Sables d'Or lag in Duinbergen und war kein teures Hotel. Es gab drei üppige Mahlzeiten am Tag und diesen tollen Wintergarten. Eine Minute zum Strand, und hinter dem Hotel lief die Durchgangsstraße. Aber davon merkten sie in ihrer seitabliegenden Villa nichts. – Nach ein paar Jahren war ihnen Duinbergen zu bieder, und sie blieben jetzt in Zoute. Sie gingen ins St. Pol oder in den Pavillon du Zoute. Richtige Thomas-Mann-Hotels, dachte Sven beim ersten Einchecken und am Frühstückstisch. Zoute war viel vornehmer als Duinbergen, und die Hotels viel teurer. Aber sie konnten es sich leisten und blieben dabei. Die Leute bewegten sich, als wären sie hier zu Hause. Wenn sie die gut erzogenen italienischen Kinder am Frühstückstisch sah, konnten sie sich über ihr eigenes Kind nur wundern. Anastasia tat sich schwer mit der Erziehung, und Sven hatte nur abends Zeit, sich um seinen Sohn zu kümmern. Der war ein dunkelhaariges, sprödes Kind gewesen und blieb, statt mit anderen zu spielen, lieber bei seinen Schreibheften. Das Kind wuchs vernetzt auf. Und Sven konnte den Nachdruck, mit dem sich sein Sohn den Computern zuwandte, kaum verstehen. Es zog ihn stundenlang zum Computer hin, bald mehr als zu seinen Schreibheften.

Er machte Abitur, und es begann eine hartnäckige Diskussion darüber, was Jarn studieren sollte.

„Was hältst du von unserem Sohn?", fragte Sven Anastasia.

„Er fängt an, mich an deinen jüngeren Bruder Lothar zu erinnern!"

„Der ist Wirtschaftsjurist!"

„Soweit ist er noch nicht!"

„Jarn hat bis dahin noch viel Zeit! – Lass ihn erstmal eine vernünftige Jugend erleben, hier oben auf dem Dattenberg. Und was er studieren will, weiß keiner. Wenn er überhaupt studieren will."

„Natürlich muss mein Sohn studieren", sagte Anastasia, „wenn ich es schon nicht geschafft habe."

„Du hattest einfach nicht das richtige Umfeld. – Deine Intelligenz sieht man dir an."

„Bei der Sparkasse!", sagte Anastasia, „drüben in Ohlenberg ist eine Doppelhaushälfte zu verkaufen. Sollen wir nicht umziehen?"

„Ich bleibe hier oben in Dattenberg. Zwischen den Weinbergen", sagte Sven, „und du eigentlich auch. Unser Geld können wir woanders anlegen."

„Eigentlich sehe ich auch nur hier unsere Zukunft!", sagte Anastasia.

Es war ein abendliches Gespräch, und Sven zündete sich eine Zigarette an. Die einzige den ganzen Tag. Seine Feierabendzigarette.

„Eigentlich würde ich ihn gerne was Geisteswissenschaftliches studieren lassen", sagte er, „an einer Uni weit draußen, wo man seinen Vater nicht kennt und ihn nicht gleich als Ostpreußenkind identifiziert. Obwohl keiner etwas sagt, den Ostpreußen sieht man ihm wohl an!"

„Mir ist es damals ganz gleichgültig gewesen", sagte Anastasia, „du hast ja den Bonn-Kölner-Dialekt besser gesprochen als die Einheimischen. Lass das verdammte Ostpreußen mal ruhen. Eddi hat sich mit Mühe eine neue Existenz aufgebaut und hat sein Leben gelebt. Wenn wir nur früher auf diesen Kornoff gekommen wären!"

„Er hat Eddi über die schwierigste Phase seines Lebens hinweggeholfen und ihn wahrscheinlich vor einem Herzinfarkt in jungen Jahren bewahrt. Und damit hat er auch Elvira geholfen."

„Er muss doch eine Akte über Eddi geführt haben. Wenn man an die drankäme, könntest du vielleicht ein Buch über deinen Vater schreiben. Dieses Leben kann keiner erfinden."

Das war das ganze Gespräch zwischen Sven und Anastasia gewesen. Sven vergaß nie, dass sein Vater und seine Mutter Flüchtlinge waren, refugiés, die ihre Heimat wegen des Krieges und auch weil sie Nazis gewesen waren, hatten verlassen müssen. Was wäre, wenn er in Ostpreußen aufgewachsen wäre? Er wäre Nazi geworden. Studiert hätten er und seine Schwester bestimmt nicht. Dazu lag Königsberg zu weit weg. Aber was wäre ihm, angesichts seiner Liebe zu Büchern und Buchstaben, sonst übriggeblieben? Im Agrarland Ostpreußen hätte ihn sein Vater vielleicht sogar in die Landwirtschaft gedrängt. Die Erziehung durch den Großvater in Sachsen hatte beide Geschwister davor bewahrt. – Svens Mutter hätte unter den Nazis nicht arbeiten dürfen, wie nach dem Krieg. – Und wer weiß, ob das eine Einkommen von Eddi für das Studium von drei Kindern ausgereicht hätte. – Ich müsste doch ein Buch schreiben, denkt Sven. Jeden Tag zwei Seiten. Dann hätte ich nach einem Jahr siebenhundert Seiten. Die „Buddenbrooks" waren auch nicht länger. – Erst dieses Studium, und dann Schwingel. Ich habe alles, was ich zu Hause gelernt habe, außer Acht gelassen! Das deutsche Trauma, dachte er. Die RAF hatte es mit Gewalt ungeschehen machen wollen. Vielleicht auch der andere deutsche Staat. Sein Vater war genauso feige gewesen wie die anderen Deutschen. Oder so abrichtbar. Aber alle Menschen waren abrichtbar. Und so hätte das deutsche Trauma auch anderen zustoßen können. Was ist dem deutschen Volk hier passiert, hätte Schwingel gefragt. Die Schüler, die er heute unterrichtete, interessierte das nicht mehr. Von denen war es weit weg. Sie wussten so gut wie nichts mehr über Eddis Zeit. – Die deutsche Schuld verjährt nie. Und bestimmte Länder versuchen immer noch, mit der deutschen Schuld zu arbeiten.

14. SEELENKUNDE

Als Eddi nicht mehr zur Stunde kam, rief ich ihn an. Er erzählte sofort von Schwingel, unter dessen Einfluss seine beiden Kinder geraten seien. Sven hatte etwas erzählt. Eddi konnte nicht wissen, dass ich Schwingels Lehranalytiker gewesen bin, als er sich als Psychoanalytiker in Bonn selbstständig machen wollte. Ich habe gar keinen Grund, am Weltgefüge zu rütteln, wie Schwingel. – Warum tat er das? – Warum bekämpfte er die Normalität? – Die Psychoanalyse hat hinter der Realität ein Gedankengebäude errichtet, das aus den Köpfen von Menschen stammt. Man darf es nicht absolut setzen. Sonst wird die Realität unterminiert. Oder die sogenannte Realität, wie die Philosophen glauben. Schwingel hatte in Bonn seinen Diplom-Psychologen gemacht und war dann an den Philosophieprofessor Domian Brunswick geraten. Er hatte über Boetius promoviert und dann eine Habilitation über den analytischen Philosophen Alfred Jules Ayer geschrieben. Sein Steckenpferd war und blieb aber Wittgenstein, weil man diesen Denker weder verstehen noch widerlegen konnte. Der Fliege den Ausweg aus dem Fliegenglas zeigen. Das wusste ich seit meinem vierzehnten Lebensjahr.

Aber Schwingel hatte eine unglaubliche Intuition. Er lag bei mir nicht auf der Couch, sondern saß mir gegenüber. Um nachzudenken, fuhr er in den Westerwald zum Fischen. Ich konnte Schwingel und seinen Drang, zu provozieren, verstehen. Ich tat es ja selber bei meinen Klienten. Schwingel kam aus einem reichen Elternhaus, war mit den antiken Philosophen groß geworden und studierte Psychologie, weil er mit sich selber nicht zurecht kam. Aber welcher Mensch kommt wirklich mit sich selber zurecht? – Er hatte früh seine Andersartigkeit entdeckt. Das weibliche Geschlecht, vor allem junge Frauen, faszinierten ihn. Aber er war an Boetius nicht ohne zu lernen vorbeigegangen und besaß eine enorme Lebenskenntnis. – Im Kopf! – Denn, wie Goethe sagt, ist das Bewusstsein keine wirklich scharfe Waffe, es richtet sich oft gegen den Anwender selbst. Von der Psychoanalyse allein konnte Schwingel nicht leben, und so bekam er, dank Brunswicks Fürsprache, nach der Dozentur erst eine außerordentliche, dann eine ordentliche Professur für Philosophie. In seiner Ringvorlesung über Erkenntnistheorie saßen manchmal nur zwanzig bis dreißig Leute. Aber die, die hingingen, profitierten ungeheuer, wie Eddis Kinder. – Ich sagte Eddi, seine Kinder seien bei Schwingel nicht falsch gewesen. Er hätte sie weitergebracht, aber allzu sehr sollte man sich auf Schwingel nicht einlassen. Aus seinen Erzählungen hatte ich herausgehört, dass seine Kinder allesamt tüchtige Menschen waren und Schwingel nicht mehr nötig hätten. Wenn er Lust hätte, würde ich Schwingel einmal anrufen und die Verbindung herstellen.

Ich rief Schwingel also an. Er ahnte nichts von dem Einfluss, den er auf die beiden Geschwister ausgeübt hatte. Und er nahm Kontakt zu Eddis Kindern auf. Jarn wohnte ja damals noch in Dattenberg bei seinen Eltern. Ich zog mich aus dem Psychoanalytiker-Geschäft zurück und ging wieder zurück in die USA. Heute lebe ich in einem luxuriösen Altersheim in Madison / Wisconsin. Ab und zu wird die Stimme Schwingels die Geschichte von Eddis drei Kindern weitererzählen. Das erzählende Ich bin dann nicht mehr ich, Kornoff, sondern es ist Schwingel.

Jarn studierte also Psychologie in Bonn. Zum Entsetzen seines Vaters. Er hatte dessen Affinität zur Psychoanalyse gerochen, fuhr jetzt jeden Tag mit seinem alten Toyota nach Bonn und kam abends zurück nach Linz. Er hatte gedacht, er würde in seinem Studium sofort mit Doktor Freud konfrontiert. Aber er musste in den ersten Semestern drei Statistikscheine machen. Als er zum ersten Mal aus dem Kolleg kam, glaubte er, er würde es nie schaffen. Nur die Aussicht auf die Zeit nach dem Vordiplom und auf die Tiefenpsychologie ließen ihn die ersten Semester überstehen. Sven hatte seinen Sohn vor dem Psychologiestudium gewarnt, als der ihm seinen Entschluss mitgeteilt hatte. Aber Jarn hatte geantwortet, sein Vater sei senil. Er trug noch immer den Namen seiner Mutter, Jarn Ley, und beide Eltern, noch immer nicht verheiratet, nahmen keinen Anstoß daran. Die Statistikklausuren waren, ohne zu pfuschen, nicht zu bewältigen. Dies und eine Aufputschtablette Captagon vor der Klausur ließen Jarn durchhalten. Im Psychologiestudium in Bonn arbeitete man in Gruppen, und der Zusammenhalt trug Jarn mit. Nach den ersten beiden Semestern kam er immer später nach Hause. Er hatte die angesagten Kneipen und Diskotheken entdeckt. Er brachte ein paar Mädchen mit nach Hause, aber die gefielen alle weder Sven noch Anastasia. Jarn wollte jetzt ein Zimmer in der Uni-Stadt, aber Sven meinte, was seien schon knappe zwanzig Kilometer. Er könne kommen und gehen, wann er wolle und könne jede Frau mit nach Hause bringen. Auch zum Übernachten. Jarn nahm das Angebot an. Und nach und nach übernachteten nacheinander ein halbes Dutzend gut aussehender junger Frauen im Angstweg in Dattenberg in der großen Wohnung zwischen den Weinbergen. Die saßen morgens mit Jarn in Anastasias Küche und frühstückten. Jarn begann sich auch äußerlich zu verändern. Wenn er vorher die Haare lang getragen hatte, was seinem Vater gefiel, weil es ihn an seine eigene Jugend erinnerte, trug er jetzt die Kurzfrisur, die auch die Rechten trugen. Er ließ sich den linken Oberarm tätowieren, einen Anker und eine nackte Frau. Sven fiel das auf. Er stellte seinen Sohn zur Rede und fragte ihn, warum er das mache. „Nur so", antwortete der, „nichts dahinter!" – Sven hatte sich schon oft gefragt, warum sich Leute tätowieren ließen. Eine junge Kollegin, ein Meter fünfundfünfzig klein und immer auf hohen Stöckeln. Die Schüler taten so, als merkten sie das nicht. Junge Leute sind unglaublich tolerant. Aber sie sahen es doch. „Kommt aus der Südsee", sagte Svens Sohn. Und sein Vater ließ sich hinreißen und sagte: „Früher taten das nur die Verbrecher!" Jarn ließ sich davon nicht beeindrucken und sagte: „Die Tattoos sieht man heute schon in den Führungsetagen!" – Das hatte Sven jetzt davon, dass sein Sohn Psychologie studierte. Der sprach jetzt oft von seinem Lebensstandard und dass er nicht gewillt sei, ihn zu senken, nur weil er Student sei. Sven erinnerte sich an sein eigenes Studium und biss die Zähne zusammen.

15. STUDENTENTHEATER

Jarn machte jetzt für einen großen Lebensmittelkonzern Umfragen. Nicht mit dem Computer. Ganz altmodisch mit Fragebögen. Er ging also auf den Bonner Münsterplatz und sprach Leute an. Er hatte Eddis und Svens Art geerbt, verbindlich und freundlich auf die Leute zuzugehen, und die kamen ihm auch entgegen. Mit dem Geld mehrte er seinen „Lebensstandard". Er hoffte, später als Diplom-Psychologe bei diesem Konzern einzusteigen und dort eine Lebensstellung zu erlangen. Sven lehnte das alles ab. Er sagte seinem Sohn, das würde ihn von seinem Studium abhalten und viel Zeit bis zum Diplom kosten. Jarn sagte immer wieder das Wort „Lebensstandard". Und Sven erwiderte, wenn er jetzt so viel verdiene, könne er sich ja von dem Geld in Bonn eine Bude nehmen. Er dachte daran, wie er selbst lange zwischen Alt-Muhl und Bonn hin- und hergefahren war und erst in den letzten Semestern ein Zimmer gefunden hatte.

Jarn fand eine Bude. In der Goethestraße bei Frau Fendrich. Sie war eine von den alten Frauen in Bonn, die die Häuser ihrer toten Männer besaßen und die

Zimmer vermieteten, weil sie so in ihrem Haus weiter wohnen konnten. Fließendes Wasser auf dem Flur, aber das Zimmer so groß wie eine Tanzhalle und durch einen Vorhang in zwei Hälften geteilt. Hinter dem Vorhang standen seine Kochplatte und ein Kühlschrank. Das Zimmer war zentral und trotzdem ruhig. Dieses Zimmer vergaß Jarn nie. Der große, saalartige Raum mit dem Vorhang in der Mitte. In dem Zimmer, das zur Goethestraße hinausging, ein einfaches Holzbett, dessen Matratze durchgelegen war. Die Kuhle war so tief, dass er sich im Bett einmal das Knie verdreht hatte. Links vom Bett an der Wand ein großes, schweres, dunkles Holzbüfett mit gedrechselten Säulen, in das er seine Bücher über autogenes Training gestellt hatte. In der Mitte des Raumes ein großer, dunkler Tisch, an dem gegessen und gearbeitet wurde. Um den Tisch drei Stühle und ein Plüschsessel. Links davon der Ofen, den er noch nie benutzt hatte. Später hatte er vom Sperrmüll einen Bettrahmen mit Matratze nach oben geschleppt. Wenn er Besuch hatte, konnte der darauf schlafen.

Ins Institut fuhr Jarn jetzt mit dem Fahrrad. Auf dem Weg dorthin fuhr er eine junge Frau über den Haufen, mit der er anschließend ins Gespräch kam. Sie sah den Frauen auf Gauguins Südseebildern sehr ähnlich, die an der Wand von Svens Zimmer in Dattenberg gehangen hatten. Sie hieß Ines Brüggenau und sagte, sie wohne gleich um die Ecke, als er sich entschuldigte. Sie fuhren am Abend mit Ines' Wagen nach Endenich zum Essen, und danach übernachtete Ines in seinem Zimmer in der Goethestraße. Sie brauchten sich gar nicht erst kennenzulernen, sie verstanden sich auf Anhieb. Der Sex war nicht besonders gewesen. Aber Jarn merkte, dass er an eine eigenartige, gutaussehende, kluge und ganz besondere Frau geraten war. Ines stammte aus einer Familie, die in Wittlich und Bitburg in der Eifel zwei Elektromärkte betrieb. Sie hatte ein eigenes Auto und zog sich sehr gut an. Im Gegensatz zu Jarn, der jetzt im Gespräch immer wieder betonte, dass sein Vater Studiendirektor war. Ines studierte Germanistik und Geschichte und stand kurz vor dem Examen. Sie musste viel dafür tun, besonders für Geschichte, die eine unglaubliche Stofffülle aufwies. Manchmal saß sie den ganzen Tag in ihrem Zimmer und lernte. Und Jarn briet auf seiner Kochplatte hinter dem Vorhang Frikadellen und brachte sie ihr. Ines hatte Fertigpüree, und sie aßen alles gemeinsam, nur um sich gleich wieder, manchmal nach einem kurzen Zusammensein, zu verabschieden. Ines wollte nicht in die Mensa. Sie sagte, das Geschrei, das Essen und die vielen Leute würden sie den ganzen Tag nicht mehr zur Ruhe kommen lassen. Einmal hatte nachts ein Exhibitionist unter der Straßenlaterne in der Goethestraße gestanden und Ines gewinkt, als sie aus dem Fenster schaute. Ines hatte immer eine Schreckschusspistole dabei und hatte hinter der Fensterscheibe auf den Mann gezielt, der daraufhin verschwand.

Zu Hause war Jarn jetzt wenig. Aber nach drei Monaten brachte er Ines nach Linz mit. Sven und Anastasia waren beeindruckt von dieser selbstbewussten, gutaussehenden und klaren Germanistin, die gerade vor ihrem Ersten Staatsexamen stand. Anastasia sah sofort, dass sie deren Intelligenz nichts entgegenzusetzen hatte, und Sven dachte, dass sein Sohn an eine Frau geraten war, die den gleichen Beruf ergreifen würde wie dessen Vater. Anastasia kochte ein opulentes Essen, Hackfleisch in Blätterteig mit Reis und Gemüse, und Ines griff nach dem Essen zu einem auf der Schale liegenden Apfel, und biss hinein. Anastasia war überrascht. Ines hätte doch wenigstens fragen können. Ines, die gab, was der andere brauchte und aus ihrer Familie gewöhnt war, zu nehmen, was sie wollte, aß den Apfel zu Ende. Keiner sagte etwas. Natürlich übernachtete Ines in Jarns Zimmer, und Sven wäre es recht gewesen, wenn sein Sohn mit dieser Frau zusammen geblieben wäre. Die beiden machten noch einen Ausflug zum Schwarzen See. Der lag da unten zwischen den Felsen, grün schillernd. Es war die reine Wildnis hier oben in Linz-Dattenberg. Vor dem Schlafengehen kramte Jarn in seinem Zimmer noch etwas in alten Papieren. Da lag noch eine Mappe von Sven, der das Zimmer jetzt langsam wieder als das seinige betrachtete. Sein Sohn lebte ja in Bonn. In dieser Mappe, die noch aus Eddis Zeit stammte, fand Jarn ein Bündel Zeitungsausschnitte, die sich mit Eddi und der Nacht in Sierpc befassten, in der Skonetzki abgeholt worden war. Er las, las auch, dass Eddi damals vollkommen entlastet worden war. Aber das alles sagte ihm nichts mehr. Er war in einer anderen Zeit groß geworden, und die Nazizeit wollte er vergessen. Er wusste als Psychologe, was die Schatten der Vergangenheit ausrichten konnten. So legte er die Ausschnitte wieder in die Mappe zurück, klappte sie zu und ging zu Ines ins Bett, nicht ohne Ines etwas von dem Gelesenen zu erzählen. Ines war überhaupt nicht überrascht. Sie sagte, sie habe selbst einen Großvater gehabt, der bei der Wehrmacht in alles Mögliche verstrickt gewesen sei. Ein Paar alte Fotoalben hätten sie aufgeklärt. So wussten beide, dass sie eine gemeinsame Herkunft hatten. Am nächsten Morgen fuhren sie mit Ines' neuem Golf zurück nach Bonn. Jarn hatten seinen alten Toyota abgegeben. Ines musste den ganzen

Tag lernen, und Jarn beschäftigte sich wieder mit autogenem Training. Das Wintersemester stand vor der Tür. Und Ines brachte in sein großes Zimmer, das nur Ofenheizung hatte, eine große Heizsonne mit, an der sich beide wärmten. Weil ihr Zimmer noch kälter war als seines, arbeitete sie jetzt oft bei ihm. Er lag auf einer blauen Klappliege und schaute auf den kleinen, tragbaren Fernseher, den sie auch mitgebracht hatte. Weil Ines so viel lernen musste, langweilten sie sich nicht miteinander. Nach Hause fuhr Jarn kaum noch, und Sven dachte, sein Sohn sei endgültig selbstständig geworden. Jarn hatte Ines überreden können, doch mal ab und zu in die Poppelsdorfer Mensa zu fahren. Dort war das Essen besser und der Lärm nicht so groß. Und Ines ließ sich überreden. Sie hätten sich Filme auf ihren Laptop herunterladen können, aber sie zogen es vor, in eines der kleinen Programmkinos zu gehen, in dem fast nur Studenten saßen.

Ich, der ich ja jetzt von Kornoff die Chronistenpflicht übernommen habe, glaube nicht daran, dass die Gleichgültigkeit, mit der die jungen Leute die Taten ihrer Großväter aufnahmen, daran lag, dass alles so weit von ihnen weg war. Sie wussten intuitiv, dass das alles endgültig vorbei war und dass man sich und die eigene Zukunft nur unnötig belastete, wenn man sich allzu sehr damit beschäftigte. Obwohl, wenn man in die politischen Systeme guckte, so etwas leicht wiederkommen konnte. Aber im Grunde war das, was Ines und Jarn taten, gesund. Sie hatten eine gemeinsame Zukunft vor sich, und die wollten sie sich nicht vergiften. Sie taten das intuitiv. Ohne miteinander darüber gesprochen zu haben. Selbst ein Gespräch darüber hätte die Vergangenheit wieder aufgerührt. Es war kein Totschweigen, wie es Eddi bei seinem Sohn getan hatte. Es war intuitive Gesundheit. Ihr gemeinsames Leben in Bonn in den zwei Zimmern, die Aussicht auf Ines' Dissertation, Jarns Diplom und eine Anstellung bei einem Konzern war ihnen wichtiger als die entlegenen zwölf Jahre Hitler-Herrschaft. – Hitler! – Jarn sagte mir, er habe viel über ihn nachgedacht. Er hatte versucht, ihn menschlich zu sehen, war am Ende aber nur bei einer, vielleicht der trivialsten Kategorie, angelangt, der des Bösen. Mehr war Hitler einfach nicht. Es dauerte mindestens zwei Generationen, bis man zu dieser Auffassung gelangt war und man den Schock dieser zwölf Jahre überwunden hatte. Es war aber auch die Generation, die mit Jazz nichts mehr anfangen konnte, die Punk, Techno und angestöpselte Gitarren mochte. Irgendwie links waren sie fast alle. Aber am rechten Rand tauchten wieder Seitengescheitelte auf, die Volkstum mochten und das Deutschtum in die Schullehrpläne hineinschreiben wollten. In Thomas Manns „Doktor Faustus" hießen solche jungen Leute Deutschlin oder Teutleben. Aber die heutigen wären zu diesen nächtlichen Gesprächen im Heuschober über Deutschland gar nicht mehr in der Lage. – Und wer wusste, woher die Rechten ihre Unterstützungsgelder bezogen. Als Philosophieprofessor weht einen manchmal das Gefühl an, man müsste über den Dingen stehen. Aber wenn die jungen Leute in der Prüfung vor mir sitzen und „Gelerntes" preisgeben, weiß ich manchmal auch nicht, was ich noch fragen soll. Die sogenannte Selbstständigkeit wird ihnen ja durch die zunehmende Verschulung des Studiums abgezwungen.

Dass ich es mit den Kindern meiner Studenten zu tun bekäme, daran habe ich gar nicht gedacht. Und wenn es die Verbindung zu Kornoff nicht gegeben hätte, hätte ich weder von ihnen noch von ihren Eltern etwas erfahren. Vor allem nicht so schnell. In der Psychoanalyse spielt sich ja alles ganz langsam ab. Fünf Jahre sind das Mindeste. Aber dank Kornoff kam die Verbindung zustande. Ich will nur ein Gespräch wiedergeben, als sich Jarn einmal bei mir einfand. Er spielte mit dem Gedanken, eine Lehranalyse zu machen, gab das Vorhaben aber bald wieder auf, weil er inzwischen vollkommen statistikorientiert war. Er hatte Ines mitgebracht, und die beiden wussten, nach der kurzen Begrüßung, gar nicht, was sie sagen sollten. Ich hatte die beiden zu mir nach Hause in die Lindenallee eingeladen. Ich versuchte es, wie alle anderen Shrinks, mit einem Hm. – Die beiden jungen Leute sahen mich an, als verstünden sie nicht, dass es an ihnen war, zu reden.

„Im Unibetrieb ist Beeinflussung verboten", sagte Ines, die wie Sven auch einen Philosophieschein machen musste. „Das ist Verführung", fuhr sie fort. „Psychoanalyse macht man freiwillig, sonst ist der ganze impact hin."

Jarn versuchte zu besänftigen. Er kam auf die Nazizeit zu sprechen. Ich war ja auch noch in der Hitlerjugend gewesen.

„Wie haben Sie sich da gefühlt?", fragte er.

Ich hatte das alles schon mit Kornoff aufgearbeitet und sagte es ihm.

„Ich will es von Ihnen hören", schrie er.

„Vaterübertragung", versetzte ich, „Eddi tat es nur, weil er nicht anders konnte und auch nicht durfte."

„Sie sind die gleiche Generation", sagte Jarn, „Ihr haltet alle zusammen!"

Ich hatte nicht gewusst, dass es so schlimm um ihn stand. Er wollte doch einmal Menschen beraten und dazu gehörte doch ein Stück Selbstreflexion.

„Ich habe mir Kornoff nur als Lehranalytiker ausgesucht, weil er keine Möglichkeit hatte, mich zu durchschauen."

„Als Lehranalytiker?" sagte Jarn.

„Das ist die ganze Masche!"

Das war das Gespräch gewesen, das von da an nur noch dahinplätscherte. Wir verstanden uns nicht, wir beide Psychologen unterschiedlicher Generation. Das sah man schon an den Äußerlichkeiten. Jarn, der auf eine Anstellung bei seinem Konzern hoffte, im dunklen Zwirn. Ines irgendwas dazwischen. Sie hatte sich ein elfenbeinfarbenes, enges Kostüm gekauft und trug es heute zum ersten Mal. Das Kostüm war das einzige, was sie zu diesem Gespräch beisteuerte. Ich bereute nicht, so ehrlich gewesen zu sein, denn mein intimes Verhältnis zur Psychoanalyse habe ich längst verloren. Psychoanalytiker und Klient sitzen sich mit unterschiedlich narrativen und unterschiedlichen individuellen Versprachlichungen gegenüber, und der Shrink behilft sich mit Grunzen oder Hm!

16. VIELLEICHT SIEHT ER SIE?

Das Aufkommen des Islam und den panislamischen Schub erlebte Eddi nicht mehr. Aber sein Sohn, seine Tochter und seine Enkel. Der jüngste Sohn Eddis war als Wirtschaftsanwalt ziemlich davon abgeschirmt. – Eddi war jetzt alt, Elvira auch. Aber sie hielt sich besser. Eddis Gefäße machten nicht mehr richtig mit. Das viele Fett, das er nach seiner Kriegsgefangenschaft in sich hineingeschlürft hatte, hatte die Gefäße verkalken lassen. Er musste immer wieder von neuem zu Infusionen ins Krankenhaus. Die halfen für ein paar Monate. Dann fing alles wieder von vorn an. Die Krankenhausbesuche waren eine willkommene Abwechslung für Elvira. Sie rief ihre Kinder an. Und die kamen aus Linz angefahren und holten sie abends aus dem Krankenhaus ab. Sven fuhr seinen Vater, der den Führerschein längst abgegeben hatte, oft durch Margendorf. Seine Eltern hatten die Dienstwohnung am Rande des Dorfes verlassen und waren etwas höher hinauf gezogen. „Alles so klein", pflegte Eddi zu sagen. Wenn ihm Sven die Umgebung zeigte, auch das Neubaugebiet, das sich auf der Höhe etabliert hatte. Dann bekam Eddi plötzlich einen Herzinfarkt. Er merkte nur, dass sein Magen wehtat und seine Beine schwerer wurden. Der Hausarzt, ein Unglücksrabe, vermutete Lungenentzündung und gab ihm Antibiotika. Jetzt bekam Eddi eine Lungenembolie und starb im Krankenhaus, wohin es der Rotkreuzwagen gerade noch geschafft hatte. Eddi war zu Kornoff gekommen, weil er gelobt werden wollte. Er war nie von irgendjemandem gelobt worden. Und Kornoff hatte ihn damals, fast nur mit Lob, aufgerichtet. Ich weiß, was Lob bewirken kann und wie hässlich und zukunftszerstörend Tadel und Destruktion auf den Menschen wirken. Es gibt Menschen, die werden ihr ganzes Leben lang nicht gelobt. Sie werden Outsider oder Gestrandete. Sie landen auf der Straße oder in den Obdachlosenasylen. Oder sie fangen an zu trinken. – Jetzt war Elvira allein. Aber sie hatte sich schon vorher durch Eddis Krankheit überlastet gefühlt. Eddis Briefe nach Hannover waren vergessen und auch ihre Postkarten ins Gefangenenlager nach Polotzk. Sie war jetzt die trauernde Witwe. Sie ließ ihr gefärbtes Haar grau werden und wandte sich wieder mehr ihren drei Schwestern zu, die auf der anderen Rheinseite lebten. Sie fuhr mit dem Bus eine Dreiviertelstunde hin und eine Dreiviertelstunde zurück. Zum Kaffee.

Trotz all seiner Intelligenz und Seelenkenntnis, vielleicht war sie auch ein bisschen angelesen, hatte Sven nie bemerkt, wie sehr er an seinem Vater gehangen hatte. Er musste sich in der Schule eine Woche lang freinehmen und schloss sich den größten Teil des Tages in seinem Arbeitszimmer ein. Er las nochmal die Briefe, die Eddi an Elvira während ihres Studiums in Hannover geschrieben hatte und war immer wieder erstaunt über die Anhänglichkeit, die Vorausschau und die Klugheit, mit der Eddi mit seiner schwierigen Frau umgegangen war. Er ermaß erst jetzt, welch mächtige Stärke dieser Mann besessen hatte, der auf viel verzichtet und drei Kinder hatte studieren lassen, was sie wollten. Wie hatte sein Vater es geschafft, mit all dem fertigzuwerden?

Die Wende hatte es für Eddi genauso wenig gegeben wie den Mauerbau. Er lebte in Westdeutschland. Von denen da drüben wollte er nichts wissen. Die bauten ja nicht einmal anständige Autos. Sein Sohn Sven fuhr zwar nur einen Golf. Allerdings einen GTI. Als DDR-Bürger Botschaften in Prag, Budapest und Warschau besetzten, war das für Eddi nur ein öffentliches Spektakel. Dann sah er, dass es den Leuten ernst war und dass die Machthaber nicht mit Polizei und Militär gegen sie vorgingen. Als das gesamte Politbüro der SED zurücktrat, wichen Vater und Sohn, vierzig Kilometer voneinander getrennt, nicht mehr von den Fernsehschirmen. Und als danach immer mehr bärtige Männer im Fernsehen auftraten und über das künftige Deutschland diskutierten, waren sie auch über den Staatsakt zur Vereinigung am 3. Oktober 1990 nicht mehr überrascht. Sven ergriff, anders als seinen Vater, eine richtige Vereinigungseuphorie. Die Ergebnisse der gesamtdeutschen Bundestagswahl am 2. Dezember 1990 sagten ihm allerdings nichts. Sven fuhr in dieser Zeit öfter zu seinen Eltern, um zu politisieren. Eddi traute den Russen nicht und witterte hinter allem eine versteckte Falle. Er hatte als Junge das Schwanken der Weimarer Republik und die Machtergreifung erlebt und glaubte, dass sich alles sehr schnell wieder ändern könne. Über den Euro redete er gar nicht. Europa habe sich auch mit verschiedenen Währungen zusammengerauft. Eddi hatte nur noch geflucht, wenn er den Fernseher anmachte. Was wollten die Ostler hier? – Aber er war ja selbst ein Flüchtling und bis zuletzt stolz darauf. Er war Ostpreuße und einmal hatte er sogar versucht, seinen Kindern das Masuren-Lied beizubringen: Wild flutet der See! – Drauf schaukelt der Schiffer im schwankenden Kahn.

Beerdigt wurde er auf dem Friedhof in Bendorf. Der Stadt, in der er nach seiner Gefangenschaft im Westen angekommen und gut gefüttert worden war. Es war eine ganz schlichte Beerdigung. Aber Sven musste weinen. Pfarrer Brosius aus Margendorf, der Eddi oft zu den runden Geburtstagen besucht hatte, hielt eine schöne Rede. Er sprach viel von der Landwirtschaft und nannte Svens Vater Josef den Ernährer. Sven war dieser Bezug nie in den Sinn gekommen, obwohl er so nahe lag, und er bewunderte Brosius für seine Intuition und Lebenskenntnis. Leontine, die auf jeden Fall verhindern wollte, dass die Beerdigung „ärmlich" wirkte, hatte einen kleinen Chor bestellt, der in der kleinen Kapelle des Bendorfer Friedhofs meditative Lieder sang. Das also war sein Vater gewesen, der ihm einen Sportwagen aus Blech zu Weihnachten geschenkt hatte und seinen Kindern Abend für Abend die ganze Schatzinsel von Robert Louis Stevenson vorgelesen hatte. Nach der Beerdigung gingen alle ins Bistrorant Syré, wo es Streuselkuchen, Schnittchen und Kaffee gab. Ein rheinländischer Brauch für einen Ostpreußen. Sven kam über den Tod seines Vaters nicht so gut weg wie sein Sohn Jarn. Ines war auch dabei, und nach der

Zeremonie sagte sie: „Da ist ein Ostpreuße gestorben." Ines sagte Ostpreußen, als wäre das etwas, dass hinter dem Berg lag. Er war schon die dritte Generation. Jarn und sein Vater hatten zu den besten Studenten in Bonn gehört. Und dazu noch Flüchtling. – Geh doch dahin, wo du hergekommen bist. So hörte sich das an. Flüchtlinge kamen ins Rheinland, um hier anderen die Stellen wegzunehmen. Und dann trug er noch den Namen seiner Mutter. Sven hatte Anastasia noch immer nicht geheiratet. Jarns Vater hatte bei Wandtmann Examen gemacht, dem besten Heine-Kenner Deutschlands. Ines würde ihr Examen in Germanistik sicher nicht mit Eins machen wie sein Vater, obwohl sie viel lernte. Aber das spielte bei Ines keine Rolle. Er spürte eine Unklarheit der Anerkennung und Billigung, die sie ihren Bekannten aus der Eifel nicht zukommen ließ, obwohl die nicht studiert hatten. Würde er sich immer mit dem Etikett „Ostpreußen" herumschlagen müssen? Das bedeutete für Ines dümmer und ein wenig mehr hinter dem Mond zu sein, vielleicht sogar ärmer! – Wie sollte er mit so einer Frau ein gemeinsames Leben planen? – Denn davon quasselte sie andauernd.

Eddis Tod machte auch das Leben für Sven nicht besser. Er konzentrierte sich nicht mehr so gut. Und wenn er vor der Klasse stand, fehlte ihm plötzlich der Zugriff auf sein ganzes Wissen. Er dachte, das gibt sich nach der Trauerphase. Aber er bekam nur immer häufiger Erkältungen. Er bekam Heißhunger, wurde dicker. Und bei der nächsten Blutuntersuchung stellte sein Hausarzt Diabetes fest. Er sagte Sven, er könne die in den Griff bekommen, wenn er abnähme und mehr Sport mache. Sven war eine Zeit lang in der Radrennszene gewesen. Und so kaufte er sich ein Mountainbike und fuhr die Strecke von Dattenberg nach Erpel. Dann wieder zurück und den Berg hinauf, wo er nur zweimal absteigen musste. Langsam nahm er ab, und die Diabetes ging wieder zurück. Aber mit seiner Psyche ging es schlechter. Kornoff war nicht mehr da. Und sein Sohn Jarn, der das langsam mitbekam, traute sich nicht, ihn zu mir zu schicken, dessen Kompetenz er immer mehr anzweifelte. Sven bekam eine Depression. Er kam zwei Wochen nach Andernach und dann jeden Abend eine halbe Tablette Trimiprarin. Das half ihm wieder auf die Beine. Aber seine alte Kraft erlangte er nicht mehr.

17. WAS IST LOS?

Das war der Beginn einer schweren Lebenssituation, die nur durch Anastasia aufgefangen werden konnte. Sven, der den ganzen Tag in seiner Wohnung saß, ging abends aus dem Haus und kam vor zwölf Uhr nachts nicht nach Hause. Wenn er dann da war, stand er in der Tür wie ein Gespenst und sagte zu Anastasia, er habe auf der Erpeler Ley schon die Stelle ausgesucht, von der er sich herabstürzen würde. Dass er darüber redete, war eher ein gutes Zeichen. Anastasia wandte sich an Jarn. Aber der konnte auch nichts ausrichten. Und Svens Schwester, die ein paar Schritte weiter wohnte, hatte mit ihren drei erwachsenen Kindern zu tun. Sie arbeitete ja auch noch in der Schule. Und wenn man ihre schöne, kräftige Gestalt, ihr dickes, rotblondes Haar sah, und die Kraft, mit der sie in der Pause in ihr Butterbrot biss, konnte man ahnen, welch eine Energie eigentlich in dieser Familie verborgen lag. Leontine ergriff dann doch eine Initiative. Zehn Kilometer auf Bonn zu gab es in Bad Honnef eine psychosomatische Klinik, die Rhein-Klinik. Da tat Leontine eine persische Therapeutin für ihren Bruder auf. Die Perserin, Doktor der Medizin, war zierlich, dicklich und hübsch. Sie hätte Svens Frau sein können. Aber sie war Feministin, und an erster Stelle stand bei ihr der Kampf um ihre Patienten. Ja, Sven war ein Privatpatient, und daran ließ sich eine Menge verdienen. Und Sven hatte ein paar Gesprächstermine bei ihr. Aber sie war so von der psychoanalytischen Idee überwältigt, dass keine Zeit für vernünftige Gespräche blieb. Sven erzählte ihr so gut wie nichts von seinem Vater Eddi und dessen Beziehung zu Kornoff. Und sie sagte ihm immer nur die gleichen Sätze: „Was bedeutet das für Sie? – Was bedeutet der Tod Ihres Vaters für Sie?" – Sven, der immer nur mit der Kraft von Eddi sein Leben gestaltet hatte, kam dadurch nur noch mehr in Bedrängnis. Den Tod muss man vorbeigehen lassen und dann helfen und unterstützen. Das konnte diese Psychotherapeutin nicht. Sven erinnerte sich während der Gespräche, was Schwingel ihm einmal gesagt hatte. Er sei gar kein Philosoph. Er sei ein verkappter Dichter. Sven hatte tatsächlich manchmal, abends vor dem Einschlafen, auf weiße Zettel, Gedankenfetzen notiert, die wie Gedichte wirkten. Zum Beispiel:

Vogelflug
Komm Tod
Du hat ein phallisches Gesicht
Ich liebe
Deine Engel nicht
Die auf Gabeln
Durch den Himmel
Fliegen
Und den Allerhöchsten bekriegen

Sven hatte völlig vergessen, was es hieß, kreativ zu sein. Das Gedicht war einfach aus ihm herausgeflossen. Er hatte nichts dazu getan. Als ob in seinem Inneren gegärt hätte und das Fass zum Überlaufen gebracht worden war. War die mangelnde Kreativität seine Erkrankung? Er hatte Germanistik studiert, weil er Dichter werden wollte, und er war dann in den Lehrerberuf hineingerutscht. Er erkannte, wie viel seine Schwester dazu beigetragen hatte. Sie hatte schon mit fünfzehn Dostojewski gelesen und ihr bewanderter Freund hatte sie unterstützt. Es gab Induktion zwischen den Menschen. Irgendwie hatte es auf ihn abgefärbt. Die Zeilen, die er vor sich hatte, gefielen ihm. Was er hier niedergeschrieben hatte, waren auch Jugendgedanken. Wer war das überhaupt, der das geschrieben hatte? Es kam ihm vor, als wäre etwas aus seiner Jugend in dieses Gedicht geflossen. Er hatte es „Vogelflug" genannt. Aber er wusste, dass er in letzter Zeit krank gewesen war und viel an den Tod gedacht hatte. Wenn er den Text mit Germanistenaugen betrachtete, war es eigentlich ein rundes Gedicht. Solche Gedichte spürte er noch ein Dutzend in seinem Inneren. Er konnte das alles auf eigene Kosten drucken lassen. Aber lesen würde es niemand. Sven musste beim Durchlesen der Zeilen an Eddi und Skonetzkis letzte Nacht in Sierpc denken, in der die Geheimen sie abgeholt hatte. Er wusste, es gab Traumata, die über Generationen weitergereicht wurden. Kornoff war nicht mehr da, und die persische Therapeutin riet ihm, den Schuldienst zu verlassen. Sie schrieb ihn krank, und nach einer Weile meldete sich das Alt-Muhler Gesundheitsamt. Er musste zur Untersuchung. Aber man fand nichts, außer ein paar Verspannungen am Rücken. Danach musste er nach Mainz und einem Psychiater ausgeklügelte Fragen beantworten. Aber man fand ihn nicht so krank, dass er nicht doch zwölf Wochenstunden hätte geben können. Sven ging also mit halbem Stundendeputat zurück in die Schule. Ein Teil seiner Verzweiflung wurzelte darin, dass er erkannt hatte, dass er den Schülern bisher nur Sophismen beigebracht hatte, die ihnen halfen, in ihrer Klasse zu überleben. Aber er wollte emanzipatorisch sein. Warum ging das nicht? Was taten denn die anderen Kollegen in seinem Fach? Deutschunterricht ging nur, wenn das, was der Lehrer war, in Ordnung war. Aber Goethe sagte, dass jeder Mensch zu den feinsten Apperzeptionen gebracht werden kann. – Jeder Mensch! – Was bleibt dem Menschen dann anderes übrig, als die erworbenen Apperzeptionen in den Dienst des Staates zu stellen!

Er war jetzt fast den ganzen Tag allein in der Vierzimmerwohnung in Dattenberg oberhalb von Linz. Anastasia kam um vier Uhr nachmittags nach Hause. Und weil Sven so dröge und in sich gekehrt war (er nahm jetzt auch noch ab und zu Saroten), langweilten sie sich miteinander. Das machte das Leben für Sven auch nicht besser. Er wusste, dass ihn einige Kollegen für nicht mehr ganz voll nahmen, weil er mal zwei Wochen in einer Nervenklinik gewesen war.

Er ging jetzt oft ein Stück den Angstweg hinunter und besuchte seine Schwester. Im Alter finden Geschwister ja oft wieder zueinander, und so war es auch mit Sven und Leontine. Nur ihr Mann Carl sah es nicht gern, wenn er abends nach Hause kam und seinen Schwager vorfand. Sven war zu sehr mit sich selbst beschäftigt, um das zu bemerken. Leontine hatte sich ja früh von Eddi und der ganzen Familie abgesetzt, und so war ihr das Ganze nicht so nahe gegangen wie Sven.

Als sie, zusammen mit ihrem Bruder, die Stelle in Linz bekam, war ihr klar, dass das der endgültige Abschied vom Elternhaus war. Sie hatte gleich einen Bankkredit aufgenommen und sich ihre ganze Wohnung im Ahrweg mit Möbeln von Cor und Interlübke eingerichtet. Die Möbel waren mit in den Angstweg gezogen und taten ihrem neuen Einfamilienhaus ziemlich gut. Sven wusste, dass, wenn das Ziel, das die Beziehung zusammenhält, erreicht ist, auch die Beziehung hin ist. Das hatte er ein paar Mal erlebt. Vor Anastasia zuletzt mit der Tochter eines Münchner Rechtsanwalts, die auch in Bonn Germanistik studierte. Ihr Vater war ein berühmter Krimiautor. Und die junge Frau hatte ihn oft animiert, doch mal selber einen Krimi zu schreiben, damit er groß herauskäme. Die Beziehung war im Bett unübertroffen gewesen. Aber Heidi fiel durch ein paar Prüfungen, weil sie nichts tat und berühmt werden wollte. Und bald war sie mit einem Professor liiert, der sich ihretwegen scheiden ließ und sie heiratete. Er hatte die beiden, händchenhaltend, aus der Uni kommen sehen. Er war erstaunt über den sichtbaren, großen Altersunterschied zwischen den beiden. Sie waren ins gegenüberliegende Tchibo gegangen und hatten dort im Stehen eine Tasse Kaffee getrunken. Das war das letzte Mal, dass er sie gesehen hatte. Seine letzte Beziehung vor Anastasia.

Er wusste nicht, ob die Beziehung zu Anastasia seine Krise überleben würde. Aber ihr Sohn hielt sie zusammen. Er kam jetzt öfter mit Ines von Bonn herüber, meistens am Wochenende. Und diese Wochenenden erwartete Sven immer mit besonderer Anspannung. Sie aßen in dem großen Wohnzimmer mit Aussicht über das ganze Ahrtal und auf eine große Kirsche, die im

Frühjahr schön blühte. Ines verstand sich immer besser mit Anastasia, und daran, dass Jarn Ines einmal heiraten würde, bestand überhaupt kein Zweifel. Wenn Anastasia keine Lust hatte zu kochen, gingen sie zu viert zu Franconi, einem Italiener, der unten in Linz neu eröffnet hatte. Das Restaurant Burg Ockenfels gab es nicht mehr. Beim Essen erzählte Sven viel von dem Science-Fiction-Autor Daniel F. Galouye, den er wiederentdeckt hatte. In dessen Roman „Welt am Draht" fingiert er, dass Materie und Bewegung nichts anderes sind als das Spiel elektronischer Kräfte. Auch die Menschen in dem Roman waren elektronische Fiktionen. Nur einem einzigen Mann, der Douglas Hall hieß, gelang der Ausbruch aus der Welt der Illusion in die sogenannte Wirklichkeit. Ob es die „wirkliche" Wirklichkeit war, blieb am Ende des Buches unklar. Sven wurde bei den Gesprächen, bei denen ihm sein Sohn, der kurz vor dem Psychologie-Diplom stand, gut zuhörte, immer gelöster. Er war wieder ganz utopischer Philosoph geworden. Plato sah die letzte Realität in reinen Ideen. Für Aristoteles war die Materie eine passive Nicht-Substanz. Vom Denken angeregt. Sein Sohn, der sich viel mit Watzlawick beschäftigt hatte, diskutierte angeregt mit seinem Vater. Wer die Einsicht über die neu gefundene Wirklichkeit habe, würde sich zum Herrscher der Menschheit aufwerfen. Der jüngste Tag sei eine völlige Tilgung sämtlicher simulelektronischer Schaltkreise. In den weltweiten Computern wurde der Mensch ja auch nur zu einem Datum. Galouye hatte das Buch 1964 geschrieben. Jetzt, im Computerzeitalter, musste man doch ein ganzes Stück weiter sein, sagte Jarn. Sven war damit zufrieden, die ganze Tischrunde mit seinem erkenntnistheoretischen Zweifel infiziert zu haben. Und er dachte dabei an mich, Schwingel, dem er das alles zu verdanken hatte. Wie Kornoff Svens Vater Eddi mit seinen erkenntnistheoretischen und kosmogonischen Gedanken überflutet hatte, so überflutete Sven jetzt seinen Sohn Jarn mit Gedanken, die von mir, Schwingel, stammten. – Die Beschäftigung mit Erkenntnistheorie und Kosmogonie ließ Sven ruhiger werden. Er dachte jetzt mehr an die Zukunft. Er war jetzt älter, und die Jahre bis zur Pensionierung würde er auch noch durchhalten. Aus einer ostpreußischen Familie zum Erkenntnistheoretiker, dachte er. Sein Großvater war noch in der Landwirtschaft groß geworden. Und seine Vorfahren väterlicherseits waren alle reiche Großbauern gewesen. Er wünschte sich manchmal zurück in dieses Land Ostpreußen, tausend Kilometer östlich vom Rheinland, wohin es seine Großeltern verschlagen hatte. Die ganze Computerwelt des Douglas Hall war ein System. Alle hatten den Softwarespezialisten über sich. Sven mochte eigentlich niemanden über sich. Er mochte das ganze System nicht. Auch nicht an seiner Schule, in der Beamtenhierarchie, wo die höhere Besoldungsgruppe sich einbildete, Macht über die niedrigere zu haben. Sie waren nicht so gebildet, nicht so belesen und nicht so fähig wie er. Er bildete sich darauf nichts ein, denn er wusste, dann würde man ihn für ein „Egg head" halten, der zwar Wissen habe, aber nicht zu unterrichten verstünde.

Das hatte er nun davon, dass er als junger Student in meine, Schwingels, Kreise geraten war, und die bäuerlichen Ideale seiner Vorfahren mit Füßen getreten hatte. Wenn er doch nur Land- oder Forstwirtschaft studiert hätte, um bei irgendeiner Kammer unterzukommen.

Wenn er so weiter machte, würde er eine zweite Depression bekommen. Den tieferen Sinn des Lebens würde er doch nicht finden. Ich, Schwingel, hatte es ihm ausgetrieben. Du bist in einer intakten Familie großgeworden. Es wurde alles für dich getan. Warum gehst du nicht zurück nach Ostpreußen? Zweimal im Jahr bekam Sven den Heimatbrief der Stadt Neidenburg, darin waren alle deutschen Minderheiten, die es dort gab, aufgeführt. Und jetzt noch Polnisch lernen? – Das würde er nie schaffen! Nein, seine Zukunft lag im Rheinland. Hier kurz vor Bonn, wo er Examen gemacht hatte, und wo sein Sohn demnächst auch Examen machen würde. Heldentum war nicht seine Sache. Er musste sich bis zu seinem fünfundsechzigsten Lebensjahr irgendwie durchschlagen. Er hatte sich vom Rentenberater seines toten Vaters ausrechnen lassen, was er dann bekam. Und es würde bei Weitem reichen. Das Unvorhersehbare würde ihm nicht mehr zustoßen. In seinem Gedicht hatte es einen Gott gegeben. Aber dass es eine solche Frage wie die nach dem Warum des Lebens gab, lag nur an dem Organon, dem Werkzeug Sprache. – Die Welt würde ihm nicht mehr zu Füßen liegen.

Und um über Kornoff zu sprechen, er war ein seltsamer Typ. Ich habe noch nie einen so aggressiven Psychoanalytiker gesehen. Manchmal zweifelte ich daran, dass er überhaupt Medizin studiert hatte und irgendein Diplom, geschweige denn eine Lehranalyse gemacht hatte. – Ich lag nicht auf seiner Couch. Ich saß ihm gegenüber. Und wenn ich keine Lust hatte zu reden, reagierte er nicht wie andere Analytiker mit einem Hm, sondern fuhr mich an. Ich besorgte mir ein paar von seinen Büchern (was er auch nicht gerne sah), um mehr von ihm zu erfahren. Aber die waren der reine Größenwahn. Er verglich sich darin mit Jesus, Buddha und Sokrates. Er schien auch nicht über genügend philosophisches Hintergrundwissen zu verfügen. Wenn man Bücher schreibt, die in den Bereich der Philosophie gehen, kann man nicht jeden eigenen Gedanken für neu halten. Er tat aber, als wäre das so. Er wollte mich in der Lehranalyse überrollen. Und ich, der ich diese Lehranalyse brauchte, spielte das Spiel mit. Es ist so leicht, einem anderen Menschen etwas zu suggerieren wie die Geschichte von Laios und Jokaste. Noch leichter, jemanden zu überreden. Und ich brauchte das Zertifikat. Also machte ich mit. Ich habe aber die versuchte Gehirnwäsche nicht aufgeschrieben und veröffentlicht, wie manche andere. Vielleicht sehe ich Kornoff schief. Aber vielleicht sehen andere mich ebenso schief. So ist der Mensch. In den Kriegen kollaboriert auch die Hälfte der Bevölkerung mit den Angreifern.

Svens Schwester Leontine lernte, neben der Schule und der Sorge um ihre drei Kinder, in mehreren Konversationskursen Französisch und sprach es bald so fließend wie eine Einheimische. Sie entnahm ihre politischen und literarischen Kenntnisse nur noch aus „Le Monde", die es unten in Linz am Kiosk gab. In den Urlaub fuhr sie mit Carl, ohne die Kinder, die langsam eigene Wege gingen, in französische Schlosshotels, wo sie sich dank ihres perfekten Französischs schnell mit den Schlossherrinnen anfreundete. Sie war überhaupt freundschaftsfähig. Und wen sie einmal zu ihrem Freund erkoren hatte, auf den ließ sie nichts mehr kommen. Sie war eineinhalb Jahre jünger als Sven. Und die tägliche Belastung durch die Schule sah man ihr nicht an. – Sie blieb liebenswürdig, immer gut angezogen und immer noch eine schöne Frau. Ein- oder zweimal in der Woche ging sie die paar Meter hinüber zu ihrem Bruder. Oder Sven und Anastasia kamen zu ihr. – Das Verhältnis der Geschwister zueinander war immer gut gewesen. Und jetzt, in Svens schwerer Krise, war Leontine seine wichtigste Unterstützung. Aber sie benutzte, um ihm vor Augen zu führen, was er besser machen sollte, immer noch die Terminologie, die sie von mir, Schwingel, hatte. Svens eigener Therapeut hatte immer nur betont, das Umfeld müsse stimmen. Und Leontine gab sich alle Mühe. Sie wusste aber auch, dass ihr Verhältnis zu Anastasia mehr als zwiespältig war. Schwester und Frau oder Freundin, diese Verhältnisse waren in allen Generationen der Köhls zwiespältig gewesen. Wenn Sven jammerte, sagte seine Schwester: „Was kann man von einem Mann mit einem Holzbein schon verlangen!" – Sie ahnte nicht, wie lebensfremd solche Sprüche waren und wie sie auf Sven wirken mussten. Aber sie kam am Nachmittag, wenn Anastasia noch in der Sparkasse war, brachte Kuchen mit und kochte Ronnefeld-Tee, Morgentau.

„Wie ist deine Stimmung?", fragte sie.

„So là là!" antwortete Sven.

„Mit zwölf Stunden bist du ja fast ein Freizeitlehrer!"

„Es ist immer noch Arbeit genug!"

„Ich könnte dir ein paar Unterrichtsreihen rüberbringen, dann brauchst du dich nicht vorzubereiten."

Sven wusste, dass er mit der Art, wie Leontine die Stunden hielt, nichts anfangen konnte.

„Danke, ist aber nicht nötig. Ich komme schon zurecht!"

„Nimmst du noch Medikamente?"

„Ja, eine halbe Trimiprarin am Abend!"

„Komm doch mal vormittags rüber zum Schwimmen!" – Leontine hatte neuerdings einen Pool. Und Sven schwamm gerne. Er merkte, wie das Schwimmen gegen die Gegenstromanlage ihm besser tat als das Bahnenziehen im Schwimmbad Grafenwerth, zehn Kilometer auf Bonn zu. Wenn nur nicht sein Sohn Jarn so merkwürdig geworden wäre. Ines war gleich nach dem Einser-Examen eine Stelle als Assistentin am Germanistischen Institut der Uni Bonn angeboten worden. Und sie hatte angenommen. Ihr Professor war nur zehn Jahre älter als sie und schien sich für sie zu interessieren. Für sie, ihre Intelligenz und ihre Kenntnis. Jarn hatte zu Hause ziemlich bekümmert davon erzählt. Der Professor lud sie zum Essen ein. Einmal, er war Junggeselle, hatte er bei sich zu Hause für sie gekocht. Ines sagte, sie würde das alles durchhalten, bis sie ihren Doktor habe. Sie schrieb ihre Dissertation über Irmgard Keun. Das Weimar-Girl, das in den dreißiger Jahren so viel Erfolg gehabt hatte und deren zweiter Roman 1932 sogar verfilmt worden war: Gilgi, eine von uns!

18. KASPERLETHEATER

Ines arbeitete zehn Stunden am Tag, las Sekundärliteratur und war jetzt aus dem Bonner Talweg in ein Appartement in Dottendorf gezogen. Ihren blauen Golf hatte sie noch. Nach ihrer Promotion sollte sie eine Stelle als wissenschaftliche Rätin bekommen. Dafür war also schon gesorgt. Die Uniwelt von innen hatte Jarn erst durch Ines' Erzählungen kennengelernt. Dass sie so von Abhängigkeit und subtiler Gewalt gekennzeichnet war, hatte er nicht gewusst. Der Professor gab nicht auf, obwohl Ines mehrmals darauf bestanden hatte, dass Jarn mit zum Essen ging, um zu zeigen, dass er auch noch da war. Ja, dass er die erste Geige spielte. Aber der Professor ließ sie daraufhin ihre Abhängigkeit spüren und zog sich eine Konkurrentin heran. So war das also an der Uni. Er nahm Ines zu einem großen Symposion an der Uni Hamburg mit. Und im Hotel, nach Pool und Massage, versuchte er, sie in sein Zimmer zu ziehen. Aber Ines sagte nur, er sei nicht professionell. Sie duzten sich neuerdings. Es war ein zähes Hinhaltespiel mit diesem Typen, der nicht aufgab. Er schenkte Ines Kleider, die sie zurückwies.

Sie zog sich jetzt viel besser an als früher. Sie war ja auch keine Studentin mehr. Der Professor wohnte in Köln, und er lud jetzt Ines abends zu Besprechungen ein, die er für wichtig erklärte. Die ganze Bonner Uni glaubte, Ines und ihr Professor hätten etwas miteinander. Aber es war nicht so. Bei dieser hartnäckigen Belagerung musste doch mal einer nachgeben, dachte Jarn, dem Ines alles erzählte. Und Ines gab nach. Bei einer Zigarette, die die beiden in seinem Sprechzimmer im Germanistischen Seminar geraucht hatten, zog er sie einfach über sich. Ines war so perplex, dass sie sich nicht wehrte. So einfach war das also. Jetzt hatte sie ein Verhältnis mit ihrem Arbeitgeber. Wenn es überhaupt ein Verhältnis war. Einmal ist kein Mal. Und Jarn würde sie nichts davon sagen.

Doch das Verhältnis zog sich hin. Die ganze Uni-Welt lag ausgebreitet vor Ines. Und Jarn brauchte noch seine Zeit bis zu seinem Diplom. Der Professor bot Ines nach ihrer Dissertation, für die sie noch Zeit brauchte, eine Juniorprofessur an der Uni Siegen an. Siegen war ein kleines, verschlafenes Nest. Aber die Uni hatte in der Germanistik einen guten, großen Ruf. Nicht nur in Deutschland. – Das wäre ein Aufstieg. Ines wusste aber auch, dass das eine Welt war, in der Jarn nicht zu Hause war. Er war ein guter Psychologe, würde ein guter Diplom-Psychologe sein und durchschaute Menschen auf den ersten Blick. Aber er hatte immer noch etwas Ostpreußisches an sich, das auch sein Vater Sven nicht hatte verleugnen können. Er war nicht naiv. Aber er hatte doch von seinem Vater und Großvater deren Arglosigkeit übernommen. Das hätte ihr, Ines, die aus einem Geschäftshaushalt kam, nicht zustoßen können. In ihrer Familie wurden Hintergrund und Bonität eines jeden so überprüft, wie man es bei Geschäftskunden tat. – Die Eifel war voller unlauterer Charaktere. So dachte jedenfalls ihre Familie. Und von der wollte sie sich nicht noch weiter entfernen. Schon das Germanistikstudium hatte gereicht. Sie hielt jetzt in ganz Deutschland Vorträge, nannte sich „Strukturalistin" und beschäftigte sich mit Systemtheorie. Dass ihr der ganze hochgestochene Quatsch, Metaebene nannte sie es, nicht auf die Nerven ging! – Mit diesen künstlich gedrechselten Wortmonstern umzugehen. Jarn war in seinem Fach statistisches Denken gewohnt, misstrauisch gegen die Sprache, wo allein schon die Wortwahl eine statistische Frage in die Bredouille brachte. – Die große Welt der Germanistenträume. Sie war jetzt viel unterwegs zwischen Kiel und Würzburg, und die Dissertation blieb dabei ein bisschen auf der Strecke. Was konnte man schon anfangen mit dem Ersten Staatsexamen? – Nicht mal Lehrer werden. Dazu brauchte man das Zweite. Und Lehrer kam für Ines überhaupt nicht in Frage. Sie wusste, wie sie auf den Studienratsberuf von Jarns Vater herabgesehen hatte. Diplom-Psychologe erschien ihr immer noch als etwas Erstrebenswertes. Ines sagte Jarn nichts von ihrer Affäre. Aber Jarn merkte es schließlich selbst. Sein Vater war noch angeschlagen von der Depression, und so schien es ihm nicht ratsam, mit ihm darüber zu sprechen. – Schließlich tat er es doch. Er besuchte ihn vormittags, während Anastasia in der Bank war.

„Was ist los, Jarn?", fragte sein Vater, der gleich etwas bemerkte, „Möchtest du einen Kaffee? Die Kaffeemaschine ist noch voll."

Jarn holte sich Milch aus dem Kühlschrank.

„Setz dich zu mir an den Küchentisch", sagte sein Vater. „Ist was mit Ines?"

Er hat es also erraten, dachte Jarn. Er hat mindestens ebenso viel Intuition wie ich. Jarn beschrieb seinem Vater, was er gefühlt und geahnt hatte und dass es gar nicht nötig gewesen war, mit Ines zu reden.

„Aber du musst doch wissen, wie sie zu dir steht. Vielleicht war das eine einmalige Sache."

„Ich glaube nicht", sagte Jarn, „ich glaube sogar, es geht schon länger."

„Jetzt wäre Schwingel dran", sagte sein Vater.

„Das ist das Letzte, was ich jetzt brauche. Ich löse die Sache allein."

„Ist sie dir gegenüber verändert?"

„Nein, aber ich habe ein untrügliches Gefühl."

„Das ist noch kein Beweis! – Sprich sie doch an!"

„Was die Gefühle angeht, ist sie glaube ich noch bei mir. Aber der andere ist neu. Und das Neue ist immer attraktiver. Außerdem hat er gute reale Karten für sie in der Hand."

„Schade. Ich hätte ihr mehr Standfestigkeit zugetraut!"

„Er muss sie wohl schon eine ganze Zeitlang belagert haben. Jetzt, im Nachhinein, weiß ich das."

„Mehr kann ich dir nicht sagen", sagte sein Vater.

Jarn ging das Gespräch durch den Kopf, als er nach Bonn zurückfuhr. Warum war sein Vater so wortkarg gewesen? – Wahrscheinlich, weil er ahnte, dass Jarn tief im Inneren die Antwort schon selber wusste. Aber was war die Antwort? Die Beziehung seines Vaters zu Anastasia war fest und stetig. Er beschloss, noch heute nach der Arbeit im Institut mit Ines zu reden.

Ines war am Abend schon zu Hause, als er zu ihr nach Dottendorf kam.

„Noch ein gutes halbes Jahr", sagte er, „dann habe ich mein Diplom." Er lernte jetzt nach Karteikarten, die die Fachschaft auf jeden Prüfer zugeschnitten hatte.

„Was macht übrigens dein Professor?"

„Warum fragst du?" sagte Ines.

„Ich weiß, dass es dir schwergefallen ist, mich daraus zu halten. Aber so will ich mit dir nicht auseinandergehen!"

„Er will mich heiraten", sagte Ines, „aber ich will ihn nicht. Er hat mich überrumpelt und dann geködert."

„Jetzt will ich nicht mehr", sagte Jarn.

Es ist die altbekannte Dreierkonstellation, dachte er, die viele Dichter angezogen hat und die sein Vater im Leistungskurs Deutsch mit den Schülern besprach. Sven und sein Großvater hatten bessere Werte gehabt als er und die jungen Leute. Er war eine Zeitlang Vertrauenslehrer gewesen, und die Schüler hatten ihm eine Menge über den Beziehungswirrwarr, der hinter dem Rücken der Lehrer und Eltern ablief, erzählt. Er musste an „Madame Bovary" denken, die sein Vater im Deutschunterricht gerade durchnahm. Die hatte auch zwischen zwei Männern gestanden und am Ende Selbstmord begangen. Ob Ines das auch zuzutrauen war? Nein, dazu war sie zu stark. Er musste an die Momente denken, in denen die Bovary mit ihrem Liebhaber in einer verdunkelten Kutsche zusammen gewesen war, von Leidenschaft und Ausweglosigkeit bewegt. Ob die Zusammenkünfte von Ines und ihrem Professor auch so ausgesehen hatten? Ausweglosigkeit gab es für Ines nicht. Und aus dem wenigen, was sie gesagt hatte, konnte er schließen, dass sie Herrin der Situation war. Das Heiratsangebot war natürlich etwas. Da konnte er, der noch ein gutes halbes Jahr bis zu seinem Diplom hatte, nicht mitziehen. Aber würde Ines sich verkaufen? – Denn etwas anderes wäre diese Heirat nicht. – Die Romane hatten den Kopf von Emma Bovary vernebelt, und Ines war Germanistin, die nichts so gerne las wie Romane. Aber „Leidenschaft, Ektase, Delirium" gab es für sie nicht. Auch die literaturbestimmte Wunschvorstellung hatte sie bestimmt nicht. Aber sie kam, wie Emma Bovary, vom Land. Aus der Eifel, wo sie in Bitburg das Gymnasium absolviert hatte. Und Emma Bovary hatte gleich mehrere Ehebrüche begangen. Nein, Ines war eine kühle Strukturalistin und Systemtheoretikerin. Sie würde das ganze vielleicht noch bis zu ihrer Dissertation mitmachen und dann ihren eigenen Weg gehen. Und wo blieb er, Jarn, dann? Er mochte sie. Aber nicht durch den Dschungel von Gefühlsverwirrungen und Unsicherheiten. Aber so einfach abtreten an jemand anders wollte er sie auch nicht.

„Ich überlegs mir noch", sagte Ines in seine Gedanken hinein. „Du musst mir noch etwas Zeit geben."

So hätte Emma Bovary nicht gesprochen. Er war ein Stück weit erleichtert.

„Ich bin ab jetzt nur noch seine Assistentin", sagte Ines. „Mit dir möchte ich zusammenbleiben."

Jarn wartete, bis seine inneren Systeme etwas dazu sagten. Sie sagten: Abwarten!

„Wie du willst", antwortete er, „es geht also weiter wie bisher!"

„Ja", sagte Ines, „ins Bett gehe ich mit ihm nicht mehr."

Sie setzten sich in die Küche von Ines Einzimmerappartement und aßen etwas. Ines machte eine Flasche Sekt auf. Woher sie die wohl hatte? Vielleicht von ihm!

„Heute Abend gehen wir ins Kino. In Poppelsdorf läuft „Pierrot le Fou"."

„Sehe ich mir gerne nochmal an", sagte er und dachte dabei, dass sie wohl beide etwas verrückt waren.

Der Film berührte Jarn nicht mehr so wie vor zwei Jahren. Wie der Typ sich das Gesicht blau färbte, sich mit Dynamit in die Luft sprengen wollte, es dann doch nicht wollte. Und wie die Bombe dann gegen seinen Willen hochging und ihn zerriss. Warum hatte sich Ines gerade diesen Film ausgesucht? Wahrscheinlich wegen Belmondo mit seinem traurigen Clowns-Gesicht. – Nach dem Film fuhr ihn Ines in die Goethestraße. Sie sagte beim Abschied: „Nimm's mir nicht krumm! – Ich habe einfach nicht durchgehalten."

Er hatte die ganze nächste Woche mit seinem Studium zu tun. Es waren auch noch ein paar Gespräche in seiner Lerngruppe angesagt. Er arbeitete viel, immer mit dem Bewusstsein, dass er Ines noch hatte und er sich gegen einen älteren, erfolgreichen Mitbewerber durchgesetzt hatte. – Ob der überhaupt wusste, was Jarn Ines bedeutete? Er glaubte nicht, dass Ines ihm das erzählt hatte. Aber das hatte den wahrscheinlich noch mutiger und waghalsiger gemacht. Wo mochte er gerade sein? – In seiner luxuriösen Wohnung in Köln, die Ines einmal kurz erwähnt hatte? Bei dieser Erwähnung hatte ihn die Gewissheit überkommen. Aber er empfand jetzt die gleiche Gewissheit, dass Ines bei ihm bleiben würde. Wenn sie dieser Versuchung widerstanden hatte, würde sie auch allen anderen widerstehen. Bonn war eine Kleinstadt. Und das Germanistische Seminar war ein Dorf. Wahrscheinlich wussten schon alle Bescheid. Aber ihm konnte es egal sein. Er hatte Ines zurück. Vielleicht sollte er sich rächen? – Es gab im Psychologischen Institut viele Frauen, die ihm Blicke zuwarfen. Er hätte die freie Auswahl. Aber so eine „Rache" wäre eine einfache Retourkutsche, etwas Mechanisches, worauf er keine Lust hatte. In ein paar Tagen würde er Ines wieder sehen und würde sich auf sein Gespür verlassen, das ihm sagte, wie er sie wahrzunehmen hatte. Ines wahrzunehmen! – Das war eine Kunst! – Manchmal wusste sie selbst nicht, wie sie gestimmt war und was sie wollte. Aber ihre tiefe innere Festigkeit kannte er.

19. ZWISCHENRUF

Es ist wieder Zeit, mich, Schwingel, in Erinnerung zu bringen. Was ich hier aufschreibe, ist nicht unbedingt richtig. Aber meine Intuition leitet mich. Ich habe in meiner langen Zeit als Psychoanalytiker immer wieder davon Gebrauch gemacht. Psychoanalyse ist die Kunst der Empathie und Intuition. In meinen Philosophievorlesungen versuche ich nur das, was ich in den Sitzungen erfühlt habe, in Begriffe umzusetzen. Denn die Menschen wollen Begriffe. Besonders die Studenten. Ab und zu sah ich Jarn zwischen den Studenten im Hörsaal sitzen, und manchmal kam er nach der Vorlesung zu mir ans Pult und sprach ein bisschen. – Ich brauche nicht viel Worte, um zu verstehen, was mit jemandem los ist. Das bisschen sprechen reicht mir. Vielleicht reichere ich auch meine Erzählung mit eigenen Projektionen an. Aber das ist in jeder zwischenmenschlichen Beziehung, auch der einfachsten, so. Ich habe spät geheiratet, später als Eddi und später, als das sein Enkel Jarn tun würde. Mir war nicht klar, ob er bei Ines bleiben würde. Ines hatte an jenem Abend ein Versprechen abgegeben. Aber Jarn fühlt sich nicht daran gebunden. Ines stand für ihre weitere Zukunft und eine mögliche neue Partnerwahl nur die Germanisteninnung zur Verfügung. Wenn sie nicht bereit war, sich auf dem Kaiserplatz oder in der Tram anquatschen zu lassen. Jarn brauchte nur in eine Diskothek zu gehen. Ines als Doktorandin und Mitglied des Prüfungsausschusses stand das nicht zur Verfügung. Sie hätte ja dort einem ihrer Prüflinge begegnen können. Ich wollte den lockeren Kontakt mit den beiden nicht missen, obwohl sie nie auf meiner Couch gelegen hatten. Gegenübertragung nennen wir das in meiner Sparte. Obwohl das nur eine hochgestochene Bezeichnung für die Liebe ist. Übertragung und Gegenübertragung, eine heilige Kuh für uns Psychoanalytiker, zwei Wörter, mit denen immer noch Furore gemacht wird. „Hüte dich vor Helfern", hatte Jarn einmal zu mir gesagt. Doch ohne mein Helfersyndrom wäre ich nie in dieser Sparte gelandet. So sitze ich als zuverlässiger Hintercouchler in meinem Sprechzimmer, grunze, sage „Hm" und argumentiere auch ab und zu. Anders als Kornoff, der beim geringsten Widerspruch aggressiv wurde. Es ist ein Wunder, dass ich meine Lehranalyse bei ihm zu Ende gebracht habe. Kornoff ist übrigens in seinem luxuriösen Altersheim in Wisconsin mit fünfundneunzig gestorben. Einer meiner amerikanischen Kollegen hat es mir gemailt. Ich kann darüber kein Bedauern empfinden. Dieser Mann, der Zeit seines Lebens ums Überleben gekämpft hat, hat, da bin ich mir sicher, eine Menge analytischer Fehler gemacht. Aber er hat Jarns Großvater doch geholfen. Vielleicht ohne es zu wollen und zu wissen. Ich werde Jarn nichts davon erzählen, wenn ich ihn zufällig wieder sehe. Und auch Sven braucht es nicht zu erfahren.

Ich wünsche mir, dass sein künftiges Leben frei von solchen Typen bleibt.

Gleichzeitig dachte Jarns Vater Sven über sich nach. Er war mit Eddi und Elvira in einer richtigen Familie großgeworden, da draußen in der Dienstwohnung in Margendorf, einem Vorort von Alt-Muhl. Und er würde sich nicht in eine so verrückte Szene wie die Psychoanalyse begeben. Wenn sein Sohn sich nur nicht so eng an Schwingel anschloss. Das Psychologiestudium verband. Und Jarn würde doch wohl nicht den Beruf des Psychoanalytikers ergreifen. Sein ganzes Leben lang den Neurosen der anderen Leute hinterher spitzeln! Da lag ihm seine Freundin Ines, die das gleiche studiert hatte wie er, schon näher. Sie wollte keine Lehrerin werden wie Sven, weil sie das als Abstieg empfand. Abstieg aus der Eifelwelt der Heizsonnen und Fernsehelektronik. Er hatte das Gefühl, sie würde es noch weit bringen. Vielleicht sogar bis zur Professorin. Sein Sohn würde mit dem Rivalen fertigwerden. Das spürte Sven. Wenn bloß diese verdammte Unruhe wegginge. Er hatte seinem Sohn bei dem Besuch gleich alles angemerkt, hatte aber daraufhin ein gutes Gefühl bekommen. Ja, Sven war stark. So stark wie sein Vater Eddi, der drei Jahre russischer Gefangenschaft überlebt hatte. Vom Getreidekaufmann über den Lehrer zum Diplom-Psychologen war es für die Familie ja auch ein gesellschaftlicher Aufstieg. Er konnte sich hier in Linz sehen lassen mit dem, was sein Sohn zustande gebracht hatte. Auch Leontines Kinder waren tüchtig und wuchsen ins Leben hinein. Überhaupt, Leontines Kinder. Sie hatte drei Jungen. Allesamt begabt und schon im Studium. Mit zwei Gehältern war das ja auch möglich. Er, Sven, wäre mit drei Kindern bis an die Armutsgrenze gegangen. Svens Schwester hatte damals das Baugelände günstig erhalten. Er war in der großen, preiswerten Vierzimmerwohnung geblieben. Für seinen Vermieter, der in der ersten Etage wohnte, besaß ein Oberstudienrat in der Stadt Linz einen Nimbus. Wenn er durch Linz ging, wurde er respektvoll begrüßt. Blöde Leute redeten ihn sogar mit seinem Amtstitel an. Wenn Anastasia in der Metzgerei Fleisch einkaufte, konnte es passieren, dass er am nächsten Tag auf dem Buttermarkt angesprochen wurde, ob ihm das Steak auch geschmeckt habe. Aber eigentlich mochte er die schrulligen Linzer und den Bonn-Kölschen Dialekt, den sie sprachen. Nur den vielen Bustouristen ging er aus dem Weg. Linz, die Perle am Rhein, hieß der Wahlspruch des Touristenbüros. Eigentlich hatten er und Leontine Glück gehabt, damals mit dem Studienrat zur Anstellung. Sie waren beide schnell Beamte auf Lebenszeit geworden. Und obwohl das Wort Beamter Sven immer einen Schrecken eingejagt hatte, war ihm klar, dass man ihn nach seiner Erkrankung in keinem anderen Beruf seine Stelle solange freigehalten hätte. Und auch die Pension dürfte nirgendwo höher sein. – Er ging auf die Terrasse und sah sich den großen Kirschbaum an. Den Hang hinunter zogen sich die Weinberge. Überall her klangen, jetzt im Herbst, die Schreckschüsse auf, die man gegen die Stare postiert hatte. Es war ein schönes Gelände, in dem er wohnte. Und seit er hier eingezogen war, fühlte er sich damit verbunden. Ein Ostpreuße, der Rheinländer geworden war und der einen außerordentlich rheinländischen Sohn hatte, der von Ostpreußen nichts mehr wissen wollte. Ob der sich noch mal bei ihm Rat holen würde? – Wahrscheinlich nicht! – Er war ziemlich stark geworden, das sagte er sich jetzt zum zweiten Mal.

Und wenn sich die Welt umdrehte. Er war der Sohn von Eddi Köhl, der mit siebenundzwanzig in voller Montur durch die Weichsel geschwommen war, um den Russen zu entkommen und am anderen Ufer von den Russen in Empfang genommen war. Was war das für ein Erbe, das er da mit sich trug? Er war noch in Ostpreußen geboren, aber Ostpreuße war er schon lange nicht mehr. Er war Rheinländer, ja Linzer geworden. Mit einer Wohnung in Dattenberg, hoch über den Weinbergen, von der aus man die nebenanliegende Jugendburg sehen konnte. Aber eine richtige Identität hatte er bis heute nicht. Die Flucht hatte sie ihm vermasselt. Vielleicht wenn er im Rheinland geboren worden wäre wie sein jüngerer Bruder Lothar, der mit Ostpreußen nichts zu tun haben wollte, von dem man allerdings im Augenblick nichts hörte. Er lebte in Alt-Muhl als Wirtschaftsanwalt. Nur ab und zu zog es ihn nach Linz. Er hatte die Französin geheiratet, die seinetwegen nach Bonn gekommen war und hatte, wie sein älterer Bruder, ein Kind, ein Mädchen, das noch auf's Gymnasium ging. Identität würde er, Sven, im Rheinland, nie bekommen. Es sei denn über sein Studium als Philosoph oder über den Lehrerberuf. Aber er war fast davon überzeugt, dass man mit dem Beruf überhaupt nicht angeben konnte. Wer war er eigentlich? – Der Sohn eines Flüchtlings! – Erst sein eigener Sohn hatte sich etwas davon frei gemacht. Der wusste fast nichts von ihm. Seine Schwester Leontine hatte auf diesen Alp reagiert, indem sie sich zur Französin wandelte. Für die Rheinländer war er ein Ostpreuße und für die Lehrer hier in Linz ein alter Achtundsechziger. Überall mit Misstrauen betrachtet. Jetzt im mittleren Alter konnte er nichts mehr dagegen tun. Konnte er damals schon nicht! – Nie! Damals im Germanistischen Seminar und im Studentenwohnheim Ullrich-Haberland-Haus war er gleichwertig gewesen. Alle Zimmer waren uniform eingerichtet, er fuhr in die Uni mit seiner Vespa. Die Referendarzeit ging auch noch, weil die Ausbildungsschule groß und eine kleine Gelehrtenrepublik war. Für Anastasia gehörte er zu einer höheren Klasse. Im Vergleich zu ihrem Rocker-Club. Wer hatte ihn eigentlich bedroht oder beleidigt? Vielleicht war alles nur ein vages Gefühl, das mit seinem Elternhaus zusammenhing? Da drüben am Rand von Margendorf in der alten Dienstwohnung des Raiffeisendirektors!

20. VERDÜSTERUNG

Letzte Woche kam Jarn Ley zu mir, Schwingel, in die Sprechstunde. Er wollte kurz mit mir reden. Er sagte, Gedanken, die aus dem Hirn eines Philosophen kommen, gleichgültig welchem, seien für ihn null und nichtig. Überhaupt sei das Gerede vom „reinen Denken" Nonsense. Reines Denken gäbe es nicht. Das habe er in der Psychologie jetzt endgültig gelernt. Was für ihn zähle, seinen „kreative Gedanken aus dem Kopf", die zwar genauso zufällig seien wie die der Philosophen, aber wenigstens originell. Die Postkarten von Elvira an seinen Großvater Eddi in die Gefangenschaft seien so etwas. Sein Vater Sven hatte die Karten sorgfältig aufgehoben und sie seinem Sohn übergeben. Jarn scheint noch etwas Schlimmeres als sein Vater geworden zu sein, der kurze Zeit mit der extremen Linken geliebäugelt hatte. Er war überzeugte Marxist und überzeugter Nihilist geworden. Die beiden Weltanschauungen gingen für ihn zusammen. Nicht das Bewusstsein bestimme das Leben, sondern das Leben bestimme das Bewusstsein. Diese Sätze kamen mir bekannt vor. Sie stammten aus der Deutschen

Ideologie von Marx und Engels. Übrigens würde er auch diese Wahrheit hinter sich lassen, sagte er. Was soll's? – Alles Aufgehen in einer Sozietät, einer Familie, einer Mannschaft, einem Staat ist doch nur vorübergehend. Am Ende steht der Einzelne für sich allein! – Er wusste natürlich, dass die vorgefundenen Lebensbedingungen der verschiedenen Generationen, die ganze weitere Existenz des Einzelmenschen bestimmten. Aber das gehe allen so und enthebe den Einzelnen nicht von der Pflicht, vornehmlich an sich selbst zu denken. – Er sprach über Ulrike. Erst wusste ich gar nicht, wer gemeint war. Dann dachte ich, dass sie eher eine Gallionsfigur für Jarns Vater Sven gewesen war. Zur größten deutschen Frau seit Rosa Luxemburg, wie Erich Fried sie genannt hatte, erklärte er sie zwar nicht. Aber er sprach mit großer Leidenschaft. „Der Typ in Uniform ist ein Schwein … Und natürlich darf geschossen werden!" – Ich hielt ihm dieses Zitat vor. Aber er sagte, da habe sie schon ihren Gehirntumor gehabt. Er hatte die Meinhof-Biografie von Jutta Ditfurth gelesen. Aber warum sie ihre Hamburger Villa mit dem Leben im Untergrund vertauscht hatte, war ihm auch nicht klar. Wie konnte ein junger Mann, der kurz vor dem Psychologie-Diplom stand, auf solche Abwege geraten, die selbst sein früherer so linker Vater vermieden hatte. „Wie gut manche leben, wie schäbig viele, die schwer schuften. Ich möchte dabei sein, wenn die Leute das kapieren." Ich sagte Jarn, das sei ein unaufhebbarer Gegensatz, der andauere, solange Menschen ein Limbisches System und ein Belohnungssystem im Kopf hätten. Er sagte, genau das habe sie sich herausoperieren lassen, als sie einen Gehirntumor bekam.

„Sie war der gleiche Typ wie meine Tante Leontine", fuhr er fort, „die ist auch so elitär. Sie trägt das Gefühl in sich, zu wissen, was Recht und was Unrecht ist, wie meine Großmutter Elvira. In den Sechzigern kamen solche Frauen oft vor. Und zum Protestantismus hatte sie eine besondere Beziehung, wie unsere ganze Familie. Vom Protestantismus zum Marxismus-Leninismus ist es kein weiter Weg. Aber sie hat nicht gewusst, wofür sie sich hergab. – Es war auch viel deutsche Wut! Luther, Thomas Münzer, Ulrich von Hutten! Nur diese ganze tiefe deutsche Unterteuftheit, die hatte sie nicht. Aber sie hat, wie Leontine, schon mit fünfzehn revoltiert. Der hätte es auch passieren können, dass sie in die Männerpsychiatrie kam und durch einen Schlauch zwangsernährt wurde. Sie gehörte zu einer Gruppe, die dachte: Wir sind die besseren Menschen!"

Ich sagte: „Ihr Vater ist froh darüber, dass das Ganze lange vorbei ist!"

„Deutsch", sagte er, „das waren keine Deutschen. Ich muss dabei an Thomas Manns ‚Doktor Faustus' denken. Das Buch war bei seinem Erscheinen schon veraltet. Sprachlich genial, aber von der Idee zu sehr an Russland gemessen. So hätte Dostojewski das Deutschtum gesehen. Und das Teufelsgespräch im ‚Doktor Faustus' ist ja auch aus den ‚Brüdern Karamasov'. Aber deutsch war die Gruppe in ihrer Kompromisslosigkeit. Bis zu dem Punkt, an dem sie sich selbst aufopferte."

„Dann war Hitler auch deutsch", sagte ich.

„Hitler war ein monströser Verbrecher. Das Unheil in Person. Eigentlich dumm und ungebildet, aber mit einer gewissen Wahrnehmungsgabe. So ein Typ wird nie mehr wiederkommen. Das war nur in dieser historischen Konstellation möglich."

„Ich habe das Gefühl, dass Einzelne von ihm gelernt haben!"

„Solange das alles nicht verborgen bleibt, ist es unausweichlich. – Die Diktaturen von heute ahmen auch die Cäsaren des alten Rom nach."

„Was hätte Ulrike nach der ‚Revolution' getan?"

„Kultusministerin oder so was!"

„Margot Honecker lässt grüßen! – Übrigens hat mir Ines gesagt, dass sie wahrscheinlich schwanger ist."

„Von mir?" fragte Jarn, „Woher will sie das so genau wissen?"

„Sie vermutet es nur. Ihre Regel ist ausgeblieben oder verzögert. Abtreibung kommt nicht in Frage, sagt sie."

„Und wenn es von dem Professor ist?"

„Sie sagt, wenn sie schwanger sei, sei das Kind von Ihnen. Mit dem Professor ist sie längst auseinander."

„Man sollte schon ein paar Vorsichtsmaßregeln treffen. Der einzige, der jetzt weiterhilft, ist mein Onkel Lothar. Ich muss sehen, dass ich ihn erreiche. Entweder in seiner Kanzlei in Alt-Muhl oder zu Hause in Fachbach an der Lahn."

So war das Gespräch zwischen uns beiden abgelaufen. Und Jarn wartete den Abend ab, bis Ines aus der Universitätsbibliothek nach Hause kam und fragte sie sofort, warum sie nicht zuerst mit ihm habe reden wollen.

„Du hättest mir doch nicht geglaubt, vielleicht hättest du sogar gedacht, ich wolle dir etwas unterschieben."

„Das ist ja heute ganz unproblematisch, aber zur Sicherheit besprechen wir uns mit Lothar. Mein Onkel ist in solchen Dingen ein kompetenter Typ."

„Ist mir recht", sagte Ines.

Sie riefen gar nicht erst an, sondern beschlossen, am nächsten Tag sofort nach Alt-Muhl zu fahren und Lothar in seiner Kanzlei aufzusuchen. Es war eine große Kanzlei in der Schloßstraße. Vom Empfang her zog sich ein schlauchartiger Flur in die Länge, von dem rechts und links die Räume abzweigten. Links waren die Räume für die Sekretärin und die Bürovorsteherin, rechts ein großer Arbeitsraum und das Wartezimmer für die Mandanten. Im teppichbelegten Flur hing eine Reihe Seerosenbilder von Monet.

Die Bürovorsteherin, Frau Wagner, war erstaunt über den unangemeldeten Besuch und ließ sie in Lothars Arbeitszimmer. Auch dieser Raum war groß und schön eingerichtet mit einem hellen Schreibtisch, einem großen Wagen für die Hängeakten, einem großen dunkelbraunen Schrank und einem bis zur Decke reichenden Regal für Fachbücher und die NJW. An der Wand hinter seinem Schreibtisch ein überdimensionales Bild von Raoul Dufy, das, durch ein Fenster gesehen, einen südfranzösischen Badestand an der Riviera zeigte. Ein schwarzes Ledersofa zum Ausruhen, und vor dem Schreibtisch zwei Stühle mit Armlehnen, auf denen sie ungefragt Platz nahmen. Lothar saß am Schreibtisch und hatte gerade mit dem Diktieren aufgehört. Er war noch sehr jungenhaft, und hatte Jackett und Krawatte abgelegt und trug nur eine Anzugweste aus hellbeigem Wollstoff. Er blickte konzentriert auf das Aktenbündel vor sich. Die Zunge scheuerte etwas an seinem dünnen Oberlippenbart. Seine hellblonden Haare, die alle schön gefunden hatten, als er noch ein Kind war, krümmten sich pflegeleicht über der stark gewölbten Stirn, die alle Kinder von Eddi geerbt hatten. Die zwei obersten Knöpfe seines Hemdes standen offen. Seine Krawatte lag auf dem Couchstuhl vor dem Sofa.

Im Gespräch war er die Ruhe selbst.

„Ihr seid euch also gar nicht sicher", sagte er, „und mit der Illegalität ist es sowieso vorbei. Im Notfall übernimmt das das St. Vincent-Krankenhaus in Rheinstein. Wartet erstmal ab."

So ruhig und heiter war Lothar immer gewesen. Auch wenn er auf dem Oberwerth Fußball gespielt hatte und er, den Ball in der Hand, vor dem Tor stand. Sie hatten ihn schon als Kind zum Torwart erkoren, weil er damals so klein war und niemand diese Position übernehmen wollte. Und er hatte diese Rolle als Helfer beibehalten. Hinter ihm hatte damals der Rhein geschimmert. Und wenn der Ball beim Spielen in den Fluss fiel, war er es gewesen, der ihn herausholte.

Seine Ruhe und Übersicht gab den beiden auch jetzt Kraft.

„Wenn ihr schon in Alt-Muhl seid", fuhr er fort, „dann kommt doch heute Abend zu mir nach Fachbach. Ihr habt das neue Haus ja noch gar nicht gesehen."

Jarn bereute, dass er seinem Onkel, wegen der stressigen Affäre mit dem Professor, nicht beim Umzug geholfen hatte.

„Wir trinken bei Elvira Kaffee und kommen dann zu dir", sagte Jarn.

„Ich muss jetzt weiterarbeiten", sagte Lothar. Er war der Ehrgeizigste von Eddis Kindern.

Am frühen Abend fuhren sie an den gewundenen Schleifen der Lahn entlang zu Lothars Haus in Fachbach. Sie nahmen die Strecke über Frücht und Nievern. Das Lahntal war lauschig, mit den vielen Privatjachten auf dem schmalen Fluss. Und Ines, die fuhr, musste auf der gewundenen Strecke aufpassen, vor allem, wenn ihnen jemand entgegenkam. Das Haus hatte unten einen großen Wohn- und Esstrakt, die Küche und ein Gäste-WC. Schlaf- und Arbeitsräume lagen oben. Sie nahmen Platz auf dem hellen Zweisitzer, der etwas barock anmutete, und Lothars Tochter Klementine, die noch aufs Gymnasium nach Bad Ems ging, setzte sich zu ihnen. Lothar rief vom Obergeschoss herab, man möge noch ein Weilchen auf ihn warten. Lilli, seine französische Frau, rief aus der Küche, sie habe eine Pizza im Ofen. Man möge sich noch etwas gedulden. Sie gab zwölf Stunden Französisch am Bad Emser Gymnasium und war bei den Schülern ungeheuer beliebt. Nach einer halben Stunde brachte sie das dampfende Blech mit der Hackfleisch-Pizza an den großen Tisch im Essbereich. Sie war eine mittelgroße, sehr schlanke Frau mit blonden Haaren. Knochig mochte man nicht sagen. Aber sie war sehr dünn. Selbstbewusst und klar. Ihre ganze Persönlichkeit war zu Konversation und gestochenem Wort ausgelegt. Der Mund halb geöffnet, so dass man ihre kleinen, regelmäßigen Zähne sah. Die Augenbrauen natürlich gezupft, aber nicht übermäßig. Etwas breitere Schultern, im Verhältnis zu ihren Hüften. Auch im Bikini würde sie eine gute Figur abgeben. Ihr aufmerksamer Blick prüfte und begutachtete. Die Augen blaugrün. Gleich leg ich los, sagte ihr Gesicht. Jarn fühlte sich wohl bei seinem Onkel und dessen Frau, die eine gestreifte Bluse mit spitzen Kragenecken trug. Darunter einen dünnen, hellgrau-weiß-gestreiften engen Strickpulli und einen schwarzen, kurzen Rock.

Die Pizza war gut, das Hackfleisch sättigte. Lilli hatte dazu einen leichten Rosé serviert, und natürlich wurden alle satt. Sie unterhielten sich über die Sommernachmittage auf dem Oberwerth, wo Sven seinem kleinen Bruder Lothar das Fußballspielen beigebracht hatte. Die Unterhaltung ging hin und her, und plötzlich war man beim Thema Ines.

„Ist mir auch schon passiert", sagte Lilli, „ich würde erstmal abwarten."

Und tatsächlich bekam Ines eine Woche später ihre Regel. Jarn und Ines freuten sich, dass ihnen viel erspart geblieben war. Jarn widmete sich immer mehr seinem Diplom, Ines ihrer Dissertation. Die Dissertation schrieb sie in der Germanistischen Systemtheorie. Das Thema hieß „Selbstreferenz und Fremdreferenz bei Josef Roth". War sein Roman „Flucht ohne Ende" ein Vertreter der neuen Sachlichkeit? Ines meinte, ja! – Heute dichtete und erfand man nicht, man „komponierte" mit Hilfe von authentischem Quellenmaterial. Ines erzählte Jarn ein bisschen davon. Was waren eigentlich „externe gesellschaftliche Motive", fragte er Ines. Für Jarn war Literatur, was sie für seinen Vater gewesen war, etwas Heiliges, dem Tag Abgewandtes. Die Profanierung des künstlerischen Schaffens gefiel weder Jarn noch seinem Vater. Sie hatten sich ja oft genug darüber unterhalten. Sein Vater mochte Josef Roth auch, besonders den Roman „Hiob". Er hatte, wie der Held, selber unter den Fluchten gelitten. Erst von Sierpc nach Waldheim in Sachsen, dann von Waldheim nach Bendorf am Rhein und dann von Bendorf nach Margendorf, einem Vorort von Alt-Muhl. In allen drei Stationen hatte sich Sven wohlgefühlt und war ungern wieder weggegangen. Das hatte er Jarn schon erzählt, als der noch klein war. Aber erst spät hatte er darüber reden können und das Ganze mit Bewusstsein leben können.

Ines konnte Jarn auch nicht erklären, was „externe gesellschaftliche Motive" waren. Was war ein „basal-selbstreferentieller Prozess"? – Mein Gott! In diese Begrifflichkeit einzudringen und dann noch ernsthaft damit zu arbeiten, ohne dass es Gewäsch wurde, wie schaffte Ines das? – Sein Vater hatte ihm viel an deutscher Literatur vermittelt. Aber begriffen, was Literatur war, hatte Jarn erst nach der Lektüre von Thomas Manns „Zauberberg". War der auch selbstreferentiell? Es war auf jeden Fall Literatur. Woher wusste er das, fragte ihn Ines. Es musste auf jeden Fall begründet werden. Jarn war statistisches Denken gewöhnt und wusste, dass Begründungen immer hinterherkamen. Den Spirit des künstlerischen Prozesses würde man mit solchen Begriffen nie begreifen. Was war eine „Sinnofferte"? Was hätte Eddi dazu gesagt? – Er war froh, dass er ein Fach studiert hatte, das sich als Naturwissenschaft verstand. Eigentlich mochte er die sprachlichen Welten, die die heutige Germanistengeneration aufbaute, nicht, was war eine „retroaktive Umschrift"? Ja, er mochte Ines so sehr, dass er über all das hinwegsah. In die entstehende Dissertation würde er keinen Blick mehr werfen. Sie waren nach dem Abend bei Lothar nicht mehr nach Bonn zurückgefahren, sondern übernachteten in Margendorf bei Svens Mutter Elvira, im Ehebett. Elvira schlief im Gästezimmer. Sie war froh, dass ihr Enkel mit seiner Freundin einmal im Haus war. Ihr Leben ohne Eddi war immer einsamer geworden.

Am Morgen beim Frühstück erzählte sie viel von ihrer Zeit als junge Lehrerin in Kaltenborn. Sie freute sich, dass Jarns Vater Lehrer geworden war und sagte, sie sei froh, dass er es in Linz nicht mit den ostpreußischen Rüpeln zu tun bekommen hatte. Damals, als sie in dem kleinen Dorf die neunte Klasse eines jungen Lehrers übernommen hatte, der an die Front musste, hatten die Jungen im Klassenraum mit einem Revolver herumgeschossen. Sie konnte vor Rauch nichts mehr sehen und hatte sich damals nur durchsetzen können, indem sie einen nach draußen schickte, sich Haselruten schneiden ließ und den Aufsässigen über die Bank legte und verdrosch. Ihr Lieblingsbuch war damals „Der Todeskandidat" von Ernst Wiechert gewesen, ein Buch, in dem ein junger Lehrer auch so mit widerspenstigen Schülern umgegangen war.

„So was würde heute nicht mehr passieren", sagte sie zu Ines.

„Wer weiß!", antwortete Jarn.

„Ich könnte mit meinem Staatsexamen auch an die Schule", sagte Ines. „Aber was ich da so aus meinem Umfeld gehört habe. Nein, ich bleibe in der Wissenschaft."

Jarn hatte, ohne dass er es wollte, lachen müssen. Dann aber kam etwas Ernstes. In dem Haus, in dem Elvira lebte, hatte es Streit mit dem Wohnungsvermieter gegeben. Eine alte Frau war im letzten Winter vor dem Haus ausgerutscht und hatte sich das Hüftgelenk gebrochen. Elvira hatte gestreut, und so wandte man sich an den Hauseigentümer. Es stellte sich heraus, dass das Haus nicht versichert war. Der Hausbesitzer sagte, Elviras Versicherung solle die Kosten übernehmen, sie solle einfach sagen, sie habe auf das Streuen verzichtet. Elvira weigerte sich. Und seitdem versuchten die Hausbesitzer, sie aus der Wohnung zu vertreiben. In dem sie mit immer neuen Kaufinteressenten zu Besichtigungsterminen anrückten. Aber Elvira behielt die Nerven und blieb in der Wohnung. Sie war in Margendorf ziemlich festgewachsen.

Jarn und Ines hatten sie in ihrer Beharrlichkeit beglückwünscht und waren erst am Nachmittag nach Bonn gefahren. – Dort erwartete sie neuer Stress. Die alte Frau Fendrich, bei der Jarn wohnte, hatte gemerkt, dass Ines mehrmals in der Woche bei Jarn übernachtete und kündigte ihm. Jarn hatte jetzt zwei Wochen Zeit, sich eine neue Bleibe zu suchen. Er hatte in der ruhigen Goethestraße gut arbeiten können, und Zimmer in Bonn waren knapp. Jarn und Ines erwogen jetzt, zusammenzuziehen. Direkt hinter dem Bahnhof fanden sie eine Dreizimmerwohnung, möbliert und gut ausgestattet, aber die war teuer. Sie unterzeichneten einfach den Vertrag. Sie wussten, sie würden das Geld mit Hilfe ihrer Eltern aufbringen, wenn sie denen ihre Situation schilderten. Und so war es auch. Beide wohnten jetzt, zum ersten Mal in ihrem Leben, mit jemandem zusammen. Sie gingen jeden Mittwoch auf den Markt und kauften für die Woche ein. Sie waren beide fast Vegetarier geworden. Ines kochte nach den Kochbüchern von Schnitzer leckere Gerichte, und jeden Morgen aßen sie ihren Frischkornbrei. Jarn näherte sich immer mehr dem Diplom, Ines ihrer Dissertation und ihrem Rigorosum.

Jetzt waren sie wirklich in Bonn angekommen. – Die Wege in die Innenstadt waren noch kürzer geworden. Dottendorf hatte auch zu weit abgelegen, und die Parkplätze in der Tiefgarage unter der Uni waren knapp. Jetzt konnten sie alles zu Fuß erledigen. Drei Monate hatte noch ein Serbe, Slobodan, dem die Wohnung gehörte, bei ihnen gewohnt. Sie hatten sich die drei Zimmer geteilt und waren froh, als er auszog. Sie hatten sogar eine Garage für Ines' Golf. – Die Familie rückte jetzt wieder enger zusammen, und Jarn und Ines fuhren am Wochenende wie ein altes Ehepaar zu Jarns Eltern nach Dattenberg, oben zwischen den Weinbergen über Linz. Man sah dem Haus, das etwas überhöht stand, von vorn die große, ebenerdige Terrasse zum Hang hin nicht an. Drumherum begrünte Hügel. Wenn man ins Hinterland fuhr, glaubte, man sei in Jugoslawien. Die Dorfkirche mit dem spitzen Turm lag im bläulichen Licht. Zum Angstweg hinauf musste man linker Hand eine schmale Serpentine überwinden. Gott sei Dank war kein Winter. Die Rheinfähren waren immer auf der anderen Seite, und so fuhren sie durch Königswinter, Bad Honnef, Unkel und Erpel. – Der Rhein leuchtete. Spazierengehen konnte man in Dattenberg nicht. Alles war zu hügelig. Die Ahr floss bei mattem Licht in den Rhein. Hier, von oben, konnte man das gut sehen. Dattenberg! – Ein Adlerhorst! – Ein Felsennest, oberhalb von Linz an den Berg geduckt! – Das ganze Dorf lag oben auf dem Gipfel. Die Häuser zum Teil an die Serpentinen geklebt. Links der Schatten, rechts die hellen Wände. – Die Vorgärten sorgfältig gepflegt. Und die Straßen, zumindest an einer Seite, mit Basaltmauern gegen herabstürzendes Geröll geschützt. Es war ein ruhiges freies Wohnen hier oben. – Besser als in der neuen Bonner Wohnung, wo man alle halbe Stunde die Züge vorbeifahren hörte. Sven hatte das große Haus in Dattenberg jetzt gekauft. Er konnte es mit seinem Ersparten geradeso finanzieren. Er überlegte, ob er Jarn und Ines nicht die große Einliegerwohnung mit beleuchteter Terrasse und Blick über die Weinberge anbieten sollte. In Bonn waren sie zwar nah an ihren Instituten, aber hier oben ließ sich ruhiger und ungestörter arbeiten. Obwohl das zusammen mit den Schwiegereltern (sie waren ja noch keine, zwei unverheiratete Paare) noch nie zu einem guten Ende geführt hatte. Aber Jarn und Ines sagten ja!

Der Angstweg lag so weit ab, dass Sven nur einmal in der ganzen Zeit im Dorf gewesen war. Dieser Weg, in dem er wohnte, war, abseits vom Weiler, eine kleine Gemeinschaft, die zusammenhielt. Man half sich gegenseitig, und wenn man etwas Schönes gekocht hatte, gab man davon ab. Was sollte Sven in Alt-Muhl, wo man ihm eine Position bei der Dienstaufsichtsbehörde angeboten hatte. Man glaubte, er schaffe den Lehrerberuf nicht mehr.

Da geschah etwas, womit niemand gerechnet hatte. Alle vier, Jarn, Ines, Sven und Anastasia hatten im Sommer noch Urlaub im Ostseebad Rerik gemacht. Der Herbst ging dahin, und plötzlich war es November. Jarn und Ines standen kurz vor ihren Abschlussprüfungen, als Jarn an einem kalten Novembermorgen wieder die Serpentinen von Dattenberg hinunter auf die Bundesstraße nach Bonn fuhr. Es war eigentlich ein warmer Novembertag. Aber irgendwie musste er übersehen haben, dass eine dünne Glatteisschicht über dem geteerten Asphalt lag. Es ging steil bergab, und rechts kam die Abzweigung hinunter ins Tal. Er fuhr auf Felsen, so groß wie Kirchenaltäre. Links ging der schmale Weg ins Dorf. Als er abbiegen wollte, fuhr sein Wagen gegen die Lenkrichtung, stürzte schräg die Felsen hinunter, überschlug sich mehrmals und prallte noch ein paar Mal gegen die Basaltwände. Die Feuerwehr konnte Jarn verletzt aus dem völlig zerstörten Auto bergen. In diesem Steingarten, auf dem sein Vater residierte. Es war ein Zufall. Keiner hatte es gewollt, hier in diesem felsigen Stonehenge. Ines ließ es sich nicht nehmen, mich zu informieren. Ich war doch der Kanzlist der Familie gewesen. Sven war völlig erschüttert. War er jetzt zu Laios geworden? Warum hatte er Jarn das Angebot gemacht, nach Dattenberg zu ziehen? Die Shrinks würden jetzt eine psychologische Erklärung bereithalten. Ich, Schwingel, habe keine.

Doch Jarn kam wieder auf die Beine. Ein Bein und ein Arm für sechs Wochen in Gips. Das war alles.

Drei Monate später machte er sein Diplom, und Ines beendete ihre Dissertation. Sie arbeitete jetzt nicht mehr bei ihrem Professor, sondern als Wissenschaftliche Angestellte an der Uni Bonn. Jarn machte als Kommunikationsberater eine kleine Karriere bei einer großen Firma. Jarn hatte die Identität seiner Vaters in den Genen und das gleiche Herz seiner Mutter geerbt.

Jens Korbus, 1943 in Ostpreußen geboren. Studierte Germanistik und Philosophie und unterrichtete, nach einem Zwischenspiel als Assistent an der Düsseldorfer Uni, an einem Koblenzer Gymnasium. 1988 erhielt er aus der Hand des rheinland-pfälzischen Kultusministers den Fachinger Kulturpreis für seinen Brief an Goethe. Er veröffentlichte bis heute 17 Bücher.

Jens Korbus
Goethes schöne Mailänderin
Books on Demand
2016
ISBN: 978-3741241529
60 Seiten
Preis 5,99 EUR

Im Oktober 1787 lernte Goethe auf seiner Italienreise in Castel Gandolfo die schöne Mailänderin Maddalena Riggi kennen. Es entstand, bei Spiel und Englischlernen, eine „wechselseitige Gewogenheit". Maddalena war versprochen. Das Geschwätz machte Runde. Zwei Monate später löste der Bräutigam die Verlobung, und Maddalena wurde schwer krank. Im Februar 1788 begegnete Goethe ihr zufällig in der Kutsche Angelica Kauffmanns im römischen Karneval. Vor seiner Rückkehr nach Deutschland kam es noch einmal zu einer Begegnung. Eine Novelle um spontanes Aufflammen einer Liebesbeziehung, deren Zerstörung und einen Abschied zweier Menschen, die sich noch nahestanden.

Jens Korbus
Imhoffs Traum
Books on Demand
2015
ISBN: 978-3739216720
120 Seiten
Preis 7,99 EUR

Carl Adam Christoph von Imhoff (1734-1788) war ein Miniaturmaler, der 1769 mit seiner schönen jungen Frau nach Indien segelte, um dort zu Geld zu kommen. Seine Frau blieb in Übersee bei dem bengalischen Gouverneur Warren Hastings, und er kehrte mit märchenhaftem Reichtum und zwei dunkelhäutigen Dienern als eine Art Nabob nach Deutschland zurück. Jens Korbus verbindet in seinem 11. Buch die Abenteuer von Imhoffs Indienreise mit dem Schicksal eines älteren Mannes, der seine verschwundene junge Freundin sucht. Ein Roman über die Rückkehr der Vergangenheit, zwei Frauen und die Macht der Erinnerung.

Jens Korbus
Charlotte
Books on Demand
2015
ISBN: 978-3738649390
48 Seiten
Preis 4,99 EUR

Goethe hat über seine Beziehung zu Charlotte von Stein zeit seines Lebens hartnäckig geschwiegen. In diesem fiktiven Gespräch mit Eckermann am 25.3.1825 spricht er zum ersten Mal darüber. – Dann kommt es zu einer Begegnung zwischen dem fünfundsiebzigjährigen Goethe und seiner dreiundachtzigjährigen Freundin.

Jens Korbus
Dein Herz hält alles aus
Books on Demand
2016
ISBN: 978-3837041163
120 Seiten
Preis 7,99 EUR

Der Erzähler, ein Studienrat und Schriftsteller, und seine Frau Lissy, eine Ärztin, leben in Düsseldorf. Im Theater begegnen sie einer Jugendliebe des Erzählers und deren Freund. Die beiden sind Linguistikprofessoren. Im Laufe der Erzählung entwickelt sich eine gegenseitige Anziehungskraft, die so stark wird, dass sich die beiden Paare überkreuz verbandeln. Der Erzähler erträgt am Ende die verhängnisvolle Konstellation. Zufall und Schicksal lassen sich nicht steuern.